DECA MEDIA

철경 5

초판 1쇄 2026년 1월 23일

지은이 솔하 · **발행인** 김정수 · **고문** 이종주
발행처 데카미디어 · **출판등록** 2025년 4월 17일
주소 서울시 영등포구 당산로 214 · **E-mail** tradejjang0@gmail.com
유통 · 판매 관리 (주)행운사 · **Tel** (031)901-1137 · **FAX** (031)901-4140
E-mail luckybogo222@naver.com · luckybogo222@daum.net

ISBN 979-11-7513-061-6 (5권)
ISBN 979-11-7513-056-2 04810 (세트)

솔하 신무협 장편소설
5

차 례

1장 • 7

2장 • 71

3장 • 133

4장 • 195

5장 • 257

1장

앞뒤 숫자를 합치면, 전체 수만 오백 명이 넘었다.

'어느새 여기까지…….'

사흑파가 많이 무너졌다고 들었는데, 이렇게 많은 배를 구한 것도 놀라웠다.

그들의 저력을 엿볼 수 있는 부분이었다.

이젠 어쩔 수 없다.

부딪치는 수밖에.

남관우는 소리쳤다.

"모두 검을 들어라!"

투지를 일깨우기 위해 소리쳤다. 하지만 쉽지 않았다.

실력과 숫자, 모든 게 부족했다.

게다가 사흑파만 있는 것도 아니었다.

저 멀리 여러 종류의 배들이 보였다. 그들 모두 각양각

색의 복장으로 무기를 들고 있었다.

보물을 노리는 승냥이떼, 또 다른 강도들이었다.

무림에서 보물을 가진다는 것이 얼마나 어렵고 힘든 일인가?

보물을 지킬 수 있는 무력이 없다면, 그건 보물이 아니라 흉기였다.

'그러고 보니 갑자기 조용해진 것 같은데.'

천지를 울리던 소리가 멈추었다.

안개가 점점 줄어들었고, 호숫가에는 단 한 사람만 서 있었다.

모두의 시선이 그쪽으로 향했다.

그는 사하기였다.

'그럼 산호 도장님은?'

남관우는 산호를 찾았고, 마침 하늘에서 떨어지는 한 사람을 볼 수 있었다.

산호였다.

풍덩.

그가 물속으로 빠졌다.

상태를 보니, 의식이 없는 것 같았다.

"사, 산호도장님!"

남관우가 배에서 뛰어들었다.

물 위를 뛰지는 못해도, 흉내는 낼 수 있었다. 물의 표면에 벽공장을 쏟으며 이동했고, 금세 산호가 빠진 곳에 도달했다.

물속으로 들어가서 산호를 건졌다.

'다행이다. 숨은 붙어 있어.'

심장이 뛰고 있었다. 남관우는 산호를 데리고, 다시 배로 돌아왔다.

그사이 사하기 역시 사흑파의 배로 돌아갔다.

산호 도장과 전력을 다해 싸웠기에 그도 정상은 아닌 것 같았다.

대신 그의 목소리가 들렸다.

"잡아라."

그의 명에 따라 다시 배가 움직였다.

남관우 일행은 완전히 포위되었다.

이제 서로의 눈빛을 확인할 정도로 가까워졌다.

그때였다.

"멈추시오!"

전혀 다른 방향에서 새로운 배가 나타났다. 총 다섯 척이었다.

두 척은 무림맹의 깃발이 꽂혀 있었고, 세 척은 백리세가의 깃발이 달려 있었다.

특히 무림맹의 뱃머리에 있는 남자가 계속 소리쳤다.

"본인은 무림맹 용호대의 대주 벽사신검 막하라 하오.

우린 태전문의 요청으로 중재를 하러 왔소. 이후부터는 우리 무림맹에서 관여할 테니, 사흑파 측은 물러서 주시오. 간곡히 부탁드리겠소."

현 무림맹은 십 년 전에 비해 규모가 줄어들었다.

권한 역시 약해져서 무림맹을 업신여기는 사람도 많아졌다.

하지만 그래도 무림맹이다.

무림에 적을 두는 한, 무림맹을 대놓고 무시하는 곳은 없었다.

그들이 태전문을 지명하는 순간, 표국 사람들은 크게 안심했다.

"다행이다."

"이제 살았어."

그리고 감숙성의 강자인 백리세도 같이 왔다.

아무리 사흑파도 이젠 어쩔 수 없을 거라 생각했다.

그런데 사하기의 생각은 달랐다.

그는 무림맹의 요청에 응답하지 않았다.

대신 멀리서 지켜보는 있는 승냥이 같은 무림인들을 바라보았다.

백면객에게 물었다.

"저곳에 우리가 신경 써야 할 놈이 있는가?"

백면객은 사하기의 의도를 파악했다.

"없습니다. 이 일대는 저희 사흑파가 장악했습니다. 그리고 특별히 무공이 뛰어난 이도 없습니다."

"잘됐군."

"명만 내려주십시오. 다 쓸어버리겠습니다."

사하기가 대답했다.

"허한다. 내가 무림맹과 백리 세가를 처리할 테니, 너는 외곽에 있는 파리 떼를 없애라."

"존명."

두 사람은 무림맹을 비롯하여, 여기 있는 사람들을 모두 죽일 작정이었다.

백면객은 배를 열 척을 이끌고, 멀리서 보고 있는 무림인들에게 다가갔다. 그리고 주변에 매복하고 있는 사흑파에 신호를 보냈다.

주변을 포위하고, 아무도 살려 보내지 마라.

그런 명령을 내렸다.

사하기는 무림맹의 배를 바라봤다.

배 두 척에 사십 명도 되지 않은 인원이다. 대주인 막하란 놈도 절정 고수였고, 모두 손짓 두 번이면 충분했다.

'이들을 전부 물고기 밥으로 만든다면, 아무도 알지 못한다.'

그는 어떡해서든, 추신검문의 보물을 가지고 싶었다. 그것을 기반으로 사흑파를 부활시킬 생각이었다.

화르르르.

그의 검이 다시 타오르기 시작했다. 공중으로 몸을 띄웠고, 무림맹의 배를 향해 검을 휘둘렀다.

"으아아악."

"마, 막아."

불꽃을 두른 검기가 사방으로 날아다녔다.

무림맹과 백리세가 무인들은 놀라서 저항했다.

하지만 지금 이곳에는 사하기의 공격을 막을 수 있는 고수가 없었다.

모두 일초지적도 되지 못한다.

배에 불이 붙었고, 대부분 배에서 뛰어내렸다.

그리고 강에는 사흑파의 무인들이 기다리고 있었다.

배 위에서는 아주 긴 장창으로 찌르고, 물속에서는 분수자(分水刺)를 든 무리들이 사람들을 공격했다.

정말로 여기 있는 사람들을 다 죽일 심산이다.

"도, 도망가자!"

"어디로? 사방이 물인데."

"싸우자. 그냥 싸워."

"그게 말이 되냐?"

소속이 다르니, 구심점이 없었다.

모두가 우왕좌왕.

무림맹의 대주, 벽사신검 막하가 소리 질렀다.

"사하기 문주. 정녕 손바닥으로 하늘을 가릴 심상이오? 주변의 모든 눈을 가릴 수는 없을 겁니다. 그리고 우리 무림맹은 사흑파를 가만두지 않을 거요!!"

하지만 사하기는 들은 체도 하지 않았다.

그는 자신 있었다.

설마 무림맹에서 안다고 해도 어쩔 수 없을 것이다.

만에 하나, 누군가 살아날 수도 있다. 그래서 무림맹에 알릴 수도 있지만, 딱 거기까지였다.

무림맹이 따지러 와도, 아니라고 잡아떼면 그만이다.

나는 모르는 일이라고 우기면, 무림맹으로서도 딱히 대응책이 없었다.

그 옛날처럼 무력대를 보내고, 분파를 궤멸시키는 강수는 두지 않을 것이다.

'겨우 항의성이 짙은 공문정도 보내겠지. 하지만 그것역시 무시하면 그만이야.'

지금 무림맹이 딱 그러했다.

그럼 충분히 해볼 만한 일이 된다.

사하기는 냉정했고, 어디까지나 계산적으로 생각해서 벌린 일이었다.

하지만 그가 생각지 못한 변수가 있었으니.

그 변수는 백면객이 있는 곳에서 시작되었다.

사흑파는 청해호에 거주하는 뱃사공과 수적들의 배를

뺐었다.

그런 배의 특성상 크기는 작지만, 날렵하고 빨랐다.

때문에 무림인들의 배로 빠르게 다가갈 수 있었다.

멀리서 구경하던 무림인들은 사흑파의 배가 다가오자, 이상함을 느꼈다.

설마 살인멸구하려는 건지 짐작도 못하고 있었다.

그런데 저쪽에서 사하기가 무림맹과 백리세가를 공격하자, 그제야 이상함을 느꼈다.

그때는 이미 사흑파가 바로 앞까지 다가온 후였다.

"죽여라."

"으아악."

"사흑파 미친 놈들이."

"맞서 싸워라. 인원은 우리가 더 많다!"

채애앵.

채챙.

풍덩.

아비규한이 벌어졌다.

확실히 숫자는 무림인들이 더 많다. 하지만 대부분 이류와 삼류 무사들이었다.

일류 고수로 가득 채운 사흑파를 감당할 수 없었다.

더구나 백면객은 아직 이 난장판에 끼지 않았다.

처음 몇 명만 처리한 후에는, 제일 높은 돛에 올라가 있었다.

혹여나 놓치는 놈은 없는지, 어디가 부족한지 형세를 파악하고 있었다.

생각보다 일이 쉽게 흘러갔다.

무림인들의 반격은 미미했고, 도망치기 힘든 구조였다. 청해호가 워낙 넓기 때문이다.

'좋아. 다 죽일 수 있겠어.'

그럼 죽인 다음에는?

조용히 사라져야 한다. 때마침 밤은 다가오고 있었다.

보물을 실은 배를 끌고, 상류로 올라간 후에…….

응?

백면객은 찜짝 놀라 고개를 돌렸다.

우측에서 강렬한 살기를 느꼈다.

'점점, 가까워진다.'

육안으로도 보였다.

총 세 사람이었다.

모두 물 위를 달리면서, 이쪽으로 다가오고 있었다.

그중 한 명은 백면객도 아는 인물이었다.

'철경?'

지금까지 어디에도 보이지 않았던 그가, 이곳에 나타났다.

세 명은 중간에서 갈라졌다.

철경은 백면객에게 향했고, 진서와 무당진룡은 사하기가 있는 쪽으로 달려갔다. 그리고 그 뒤를 태전문의 사람들이 배를 타고 쫓아오고 있었다.

철경은 다른 이들은 무시했다.

무림인들이 죽든 말든 신경 쓰지 않았다.

오직 백면객만 노렸다.

마침 백면객도 이쪽을 바라보았고, 두 사람은 눈이 마주쳤다.

벌써 세 번째 만남인가? 아님 네 번째?

그런 건 중요하지 않았다.

서로를 알아봤고, 서로의 목적을 알고 있다.

이제 남은 건, 그 목적을 위해 싸울 뿐이다. 상대를 죽여야 한다.

백면객 역시 검을 뽑았다. 그리고 철경이 배 위로 올 때까지 기다렸다.

그가 올라오는 순간, 백면객이 달려들었다.

한 발을 내딛는 순간, 그의 신형이 둘로 나뉘어졌다.

그리고 달리면 달릴수록 그의 신형은 계속 늘어났다. 곧 수십 명의 백면객이 생겨났다.

그들이 동시에 환검을 휘두르자 수천 개의 칼날이 철경을 덮쳤다.

삼백 년 전, 마교의 한 분파였던 혈교,

그들의 오대호법 중 환영혈성의 무공을 이어받은 백면객이다.

그의 환영은 진짜와 구분하기 힘들다. 인기척, 살기, 심지어 그림자까지 똑같이 생겨나기 때문이다.

환영술과 무공을 결합한 환영무공 때문에 얼마나 많은 무림인들이 죽었던가?

백면객 역시 이 무공으로 수많은 사람들을 죽였었다.

설사 죽이지 못하더라도, 수십, 수백 개의 환영을 보는 순간, 당황하기 마련이나.

지금까지 만난 모두가 그러했다.

그런데 철경은 달랐다.

그의 눈이 금빛으로 빛다더니, 뭔가 잘못되었다는 생각이 들었다.

마치 발가벗겨진 느낌이다.

'그래……. 그때도 그랬어.'

골목에서 처음 만났을 때, 그때의 철경도 한 번에 환영을 꿰뚫어 봤었다.

이번에도 철경은 다른 환영은 쳐다보지도 않았다. 오직 진짜 백면객을 보고 있었다.

왜지? 저 눈 때문인가?

불안하다.

'아니다. 그래도 괜찮아. 아직 내가 이길 수 있어.'

철경의 경공은 지난번과 비슷했다.

힘은 있지만, 피하면 그만이다. 경공만큼은 백면객이 우위에 있었다.

최소한 백면객은 그렇게 생각했다.

갑자기 철경이 빨라졌다.

몸에서 파직거리는 소리가 들리더니, 그의 주먹이 순식간에 눈앞에 떨어졌다.

백면객은 놀라서 머리를 뒤로 젖혔다.

콰직.

한 발 늦었다.

철경의 주먹은 턱을 스쳤고, 그것만으로 온몸이 흔들렸다. 마치 철퇴를 맞은 것 같았다.

눈앞이 컴컴해지면서 순간 아무것도 생각나지 않았다.

'어떻게 된 거야? 내가, 맞았나? 그놈은 어떻게 빨라진 거지?'

아주 짧은 순간, 별의별 생각이 떠올랐다.

하지만 철경은 아직 눈앞에 있다.

그걸 떠올리면서 동시에 바닥을 굴렀다.

아니, 구르려 했다.

퍼버벅.

콰직. 퍽.

철경은 한 번 잡은 기회를 놓치지 않았다.

주먹을 지른 상태에서 반 바퀴 회전하면서 다른 팔의 발꿈치를 휘둘렀다.

백면객의 관자놀이에 정확히 부딪혔고, 이어서 다리로 아래쪽 무릎을 가격했다.

백면객은 크게 휘청거렸고, 철경은 살짝 뛰어올라 무릎으로 찍었다.

그의 안면을 강타했다.

쿠웅.

그것으로 끝이다.

백면객은 가면이 부서졌고, 머리가 함몰되었다.

그는 그대로 즉사했다.

보기에는 쉽게 이긴 것 같지만, 철경이라 가능한 일이었다.

환술을 꿰뚫어보는 금륜안이 없었다면 힘든 싸움이 될 수 있었다. 그리고 일부러 경공 실력을 속였고, 결정적인 순간에 터뜨린 것이다.

모두 계획대로 되었지만 철경은 기뻐하지 않았다.

해야 할 일을 했을 뿐이다.

그리고 곧바로 다음 할 일이 있었다.

철경은 남은 사흑파 놈들을 공격했다. 이미 전의를 상실했기에 어렵진 않았다.

그러면서 사하기 쪽을 신경썼다. 진서에게 맡겼지만, 혹여나 잘못되면 언제든 갈 수 있게 준비했다.

"으음."

사하기는 침음을 삼켰다.

그동안 사흑파의 문주로서, 또 청해성의 절대자로 반백 년동안 살아왔다.

그런데 오늘처럼 당황한 적은 처음이었다.

차르르르.

쫘악.

그녀는 마치 하늘을 작은 벌새처럼 자유롭게 날아다녔다. 정신을 차릴 수 없을 정도로 빨랐다. 그리고 단검에서 흘러나오는 붉은 검기는 사하기의 검기를 잘게 잘랐다.

마치 여미듯이 얇게 쓸어버렸다.

자신보다 삼십 년은 어려 보이는 젊은 여자의 무공이 이렇게 강할 줄이야.

그러고 보니 안면도 있었다.

여불위의 무덤 속에서 같이 싸웠던 미친 여자다. 그때보다 열 배는 강하지만, 그녀가 분명했다.

그녀의 검기가 더욱 짙어졌다. 응축된 것 같았고, 눈에 띄게 선명해졌다.

검기가 아니다.

검강이다.

사하기는 놀라서 눈을 부릅 떴다.

그녀의 속삭임이 들렸다.

"왜? 화경 고수를 처음 봐?"

명백하게 놀리는 말투지만, 반박하지 못했다. 그녀의 경공이 더욱 빨라졌기 때문이다.

그야말로 미친 속도었다.

파파팟.

채래래래랭.

청해의 군주라는 사하기가 검 한 번 찌르지 못하고, 막기 바빴다.

사실 이 정도까지 밀릴 실력차는 아니었다. 하지만 주변 환경이 문제다.

여긴 호수 위였고, 그의 진산무공인 화령진검은 물에 상극이었다. 게다가 이미 곤륜파의 산호 도장과 결전을 치른 후였다.

이미 지친 상태였다.

'만약 여기서 진다면, 그 후는 어찌 될까?'

문득 그런 생각이 떠올랐다.

미친 짓이다.

일생일대의 적을 앞에 두고 그런 생각을 하다니.

그러면 안 되는 줄 알면서도 한 번 떠오르는 생각이 가시지 않았다.

왜 이럴까?

그때 깨달았다.

'아아, 내가 늙었구나.'

좋지 않은 환경에서 잡다한 걱정까지 하다니.

그는 패배할 수밖에 없었다.

'귀후'라는 별호답게 그녀의 움직임은 귀신의 것과 같다.

스슥.

그런데 이상한 소리가 나더니, 갑자기 그녀가 사라졌다.

사하기는 의아했다. 하지만 그러면서 생각했다.

'지금이다. 후퇴를 해야 해. 그리고 나중이라도 복수를…….'

그것이 그의 마지막 생각이었다.

사하기의 목에 붉은 줄이 생기더니, 점점 벌어졌다.

진서는 이미 그의 목을 잘라 버린 것이다. 사하기는 본인이 죽은 줄 모를 만큼, 그녀의 검은 굉장히 빨랐다.

풍덩.

사하기의 목과 신체는 물속으로 떨어졌다.

청해의 패자, 사하기는 그렇게 죽었다.

철경은 태전문으로 가던 중에 혈랑대에 관한 소문을 들었다.

그 즉시 근처 무영문 지부를 찾았다.

혈랑대와 산호 도장의 위치를 물었고, 마침 무영문도 그들이 어디 있는지 실시간으로 파악하고 있었다.

그래서 청해호로 빨리 올 수 있었다.

또 태전문 역시 같이 움식였던 경아인 덕분에, 철경과 합류할 수 있었다.

사하기가 죽고, 사흑파는 빠르게 무너졌다.

그리고 철경은 이곳을 서둘러 정리했다.

먼저 부상이 심한 산호 도장과 다른 부상자들을 근처 의원으로 보냈다.

그리고 도움을 주러 온 무림맹과 백리세가에게는 감사를 표했다.

그러자 그들이 오히려 부탁을 했다.

먼저 무림맹의 막하가 물었다.

"무림맹에 한번 들러주시겠습니까? 만나고 싶어하는 분

이 계십니다."

"기회가 되면, 방문하겠소."

"언제 오실지, 여쭤도 될까요?"

철경이 바라보자, 그는 멋쩍은 듯 웃었다.

"하하. 오겠다고 말만 하고, 안 오시는 분이 너무 많아서요."

"나도 장담하기 어렵소."

"그래도 저희도 최선을 다해 도와드렸는데……. 한 번쯤은 와주셨으면, 합니다."

그는 집요했고, 철경은 거절할 명분이 없었다. 도움을 받은 건 사실이니까.

이래서 무림에서 은과 원은 끊기가 힘들다고 했구나.

철경이 다시 물었다.

"가서 사람만 만나면 되오?"

"네. 정말 그거면 됩니다."

"좋소. 석 달 안에, 무림맹 청해 지부로 찾아가겠소."

"감사합니다. 절대 후회하는 일은 없을 겁니다. 꼭 오십시오."

"알겠소."

백리세가 역시 비슷했다.

철경에게 부탁했다.

"이런 말을 드리고 부끄럽지만, 솔직히 저희는 철경 대협의 도움이 필요합니다."

철경은 속으로 한숨을 쉬며 대꾸했다.

"어떤 일이오?"

"여기서 말씀드리기는 곤란합니다. 저희 백리세가에도 한 번 오실 수 있을까요? 역시 석 달 내로 오시면 됩니다."

석 달이라.

잠깐 생각한 후에 대답했다.

"백리세가에 방문할 수는 있소. 하지만 그쪽 부탁을 들어보고, 거절할 수도 있소. 그래도 괜찮소?"

"당연하지요. 강요를 할 생각은 없습니다."

그제야 그들도 물러났다.

그리고 무당진룡 진하가 철경을 찾아왔다.

"산호는 내 친우요."

"……."

"내가 그를 데려가겠소. 지금 청해 무림맹 지부에 뛰어난 의원이 있으니, 치료에 큰 도움이 될 것이오."

그는 무림맹으로 산호 도장을 데려가려 했다.

철경은 잠시 생각하다가 고개를 끄덕였다.

어차피 지금은 다른 할 일이 많았다. 산호 도장에게 신경을 쓰지 못 할테니, 차라리 맡기는 게 나을 것 같았다.

석 달 후에 무림맹으로 갈 때, 산호를 만나서 보답해야겠다고 다짐했다.

"좋소. 대신 잠시만 기다려 주시오."

철경은 남관우에게 갔다가 다시 돌아왔다.

진하도장에게 작은 상자를 내밀었다.

봉인되어 있는데도 향긋한 향이 은은하게 흘러나온다.

"천년하수오요. 산호 도장을 치료하는 데 써주시오."

이렇게 귀한 영약을 선뜻 내어준다고?

그러자 진하 도장이 조금 당황했다.

"이, 이런 걸 받아도 되나 모르겠군요."

"산호 도장이 도와준 것에 비하면 약소한 거요. 부디 잘 부탁하오."

"아, 알겠소."

진하 도장은 산호 도장이 태전문에게 착취당했다고 느꼈다.

산호 도장이 착하고, 세상 물정 모르니까 태전문에서 구슬려서 부려먹는 건 아닐까?

그래서 곤륜신협을 산에 보내서 곡괭이를 잡게 하고, 이렇게 죽을 정도로 고생시켰겠지.

방금 전까지 그렇게 생각했었다.

그런데 방금 철경의 태도나, 그가 보이는 성의를 생각하니 꼭 그런 것만은 아닌 것 같았다.

'나중에 물어봐야겠군.'

진하도장은 산호도장을 챙긴 후, 무림맹과 같이 떠났다.

그들이 떠난 후, 철경은 남관우와 왕분 국주를 만났다. 그리고 남관우의 생각을 칭찬했다.

"좋은 생각이오."

추신검문의 보물을 대륙전장에 넘기자는 의견에 찬성한 셈이다.

남관우의 예상대로였다.

남관우는 한 가지를 더 전했다.

"왕분 국주의 조언에 따라, 부피가 작고 비싼 물건을 따로 빼두었습니다. 그 물건들은 팔지 않아도 됩니다. 들고 다니기도 편하고, 나중에 제값을 받고 팔 수 있으니까요."

철경은 고개를 끄덕인 후, 한 가지 추가했다.

"기한 악재나 영약노 따로 빼주시오. 쓸 곳이 있소."

"알겠습니다."

한 시진 뒤, 곽우영이 찾아왔다. 대륙 전장의 인물들과 함께였다.

이미 주위는 어두웠다.

호수 위에는 아무것도 보이지 않았고, 작은 불빛만 반짝였다.

마침 대륙전장은 커다란 화물선을 가지고 왔다. 그리고 물건의 가격을 매기는 전문가 다섯 명이 이쪽으로 건너왔다.

그들은 불빛을 여기저기 비춰가며, 보물의 값어치를 매기기 시작했다.

한참 후에 콧수염을 기른 한 남자가 다가왔다.

"안녕하십니까? 태전문과 혈랑대 여러분. 저는 대륙전장의 제일 총관, 안해춘이라 합니다. 오랜만에 뵙습니다. 남 대주님."

남관우는 안면이 있는지, 포권을 취하며 인사했다.

"네에. 반갑습니다. 안 총관님."

"일단 계산부터 할까요? 여기 있는 물건들 다 합쳐서 사백구십이만냥 쯤 됩니다. 여기서 이 할을 깎아서 지불하기로 했는데."

안해춘은 옆에 있는 곽우영을 힐끔 보더니 말을 이었다.

"오랜만에 곽 소저를 본 기념으로 딱 사백만 냥 맞추도록 하죠."

"고마워요. 안 총관님. 마침 총관님이 청해 지점에 있어서 다행이었네요."

"이런 일 때문이 아니더라도 한 번씩 찾아와 주세요."

"알겠어요."

곽우영이 대륙 전장과 무슨 관계가 있는지 모른다. 하지만 그녀 덕을 본 건 분명했다.

대륙 전장에서 하나하나 가격을 적은 표를 제시했는데, 보물 몇 개만 비교해 봐도 가격을 후하게 측정했다는 걸 알 수 있었다.

게다가 전장 중에서도 제일 크다는 대륙 전장이 아니고

서는 누가 사백만 냥이라는 돈을 일시불으로 지불할까?

그런 면에서는 이 할이라는 돈이 절대 아깝지 않았다.

보물은 대륙 전장의 배로 옮겼다. 그리고 새벽이 오기 전에 대륙 전장은 청해호를 떠났다.

철경 역시 청해호를 떠났다. 그리고 왕분 국주를 따로 만났다.

왕인 표국은 이번 표행으로 큰 피해를 입었다. 그럼에도 배신하지 않고 끝까지 도와주었다.

그 점을 감안하여, 약속한 돈의 두 배를 지불했다.

왕분 국주는 놀라서 철경에게 물었다.

"정말, 이걸 다 받아도 되겠습니까?"

"가져가시오. 다음에 필요하면 또 연락드리겠소."

"정말 감사합니다. 언제든지 연락 주십시오."

마지막 정산을 위해 남관우를 불렀다. 그는 만나자마자 얘기했따.

"왕분 국주를 고용한 건 접니다. 제가 비용을 지불하는 게 맞습니다."

"맞소. 그러니 계산을 해봅시다."

본래 남관우에게는 전체 보물의 일 할을 약속했었다.

그러니 사백만 냥의 일 할 사십만 냥을 주는 게 맞았다. 그런데 철경은 그에게 두 배인 팔십만 냥을 내밀었다.

남관우는 깜짝 놀랐다.

"이렇게 많이요?"

"본래 백만 냥을 주려고 했으나, 왕인표국 비용을 제하고 주는 거요."

"그런……."

그냥 두 배가 주고 싶었던 것이다.

남관우도 그 사실을 알았다.

거절하려 했지만, 철경은 먼저 어섰다.

"의뢰가 생기면 또 부탁하겠소."

"그런, 흐음. 감사합니다. 의뢰만 주시면, 최선을 다하겠습니다."

"고맙소."

철경이 떠나려 하자, 남관우가 물었다.

"그런데 반건위와 내기를 한 것 아닙니까? 이렇게 많은 돈을 써도 되는지 걱정됩니다."

"걱정 마시오. 다른 곳에서 돈을 구했으니."

사실 철경은 조금 후회를 하는 중이다.

반건위와의 내기를 괜히 했다는 생각이 들었다.

그 내기 때문에 마교 일에 끼어들고, 산호 도장이 크게 다쳤으니까. 그리고 혈랑대와 표사들도 많이 죽었다.

왜 그때 돈 내기를 했을까?

굳이 내기가 아니더라도 다른 방법을 찾을 수도 있었을 텐데.

잠시 후회를 했지만, 철경은 곧 생각을 바꾸었다.

이미 지난 일이다.

후회를 한들 과거로 돌아갈 수 없었다. 앞으로가 더 중요했다.

'이렇게 된 이상, 꼭 이긴다.'

혈랑대와 왕인표국에 필요이상의 돈을 주었으니, 반건위에게 그만큼 받아낼 생각이다.

무엇보다 의심이 생겼다.

추신검문의 보물에 관한 소문이 왜 갑자기 퍼지게 된 걸까?

그리고 소문은 굉장히 빠르게 확산되었다. 마치 누군가 일부러 퍼뜨린 것처럼.

분명 누군가 손을 썼을 거라 생각했고, 철경은 반건위를 의심하고 있었다.

그의 내기를 향한 집념은 이미 알고 있다. 그는 이기기 위해서는 어떤 비겁한 짓도 할 수 있는 사람이었다.

'하지만 나 역시 마찬가지야.'

일단 그러기 위해서는 반건위에 관한 정보가 필요했다.

철경은 청해성에서 빠져나오는 길에 경아인에게 물었다.

"혹시 반건위에 대해 알아봤소?"

말을 끝나기 무섭게 경아인이 대답했다.

"네. 그리고 반건위에 대해 조사하다 보니, 자연스레 이번 사건의 배후도 알게 되었습니다. 알고 보니 하오문이 소문을 퍼뜨렸더군요. 보물에 관해서요."

경아인은 살짝 흥분하면서 설명했다.

"반건위의 오랜 지인이 하오문에 있었고, 그가 주도하여 보물에 관한 소문을 퍼뜨렸습니다. 아마도 내기를 이기기 위해서겠죠."

"하오문이 확신하오?"

"확실합니다."

철경은 자기 예상이 맞자, 눈빛이 싸늘해졌다.

'좋아. 시비를 걸었으면, 받아줘야지.'

"무영문에게 다시 의뢰하고 싶소. 반건위는 대륙 곳곳에 재물을 숨겼을 테고, 지금 그것들을 청해로 옮기고 있을 거요. 그것들을 위치를 정확히 파악해 주시오. 비용은 얼마나 들어도 상관없소."

"알겠습니다."

경아인이 조심스럽게 물었다.

"그런데 시간이 부족하고, 전국을 다 조사할 수는 없습니다. 사실 청해 지역만 조사하는 것도 인력이 부족하고요."

"그럼 약속 장소를 알려줄 테니, 그곳을 중심으로 반경 십 리까지만 조사해 주시오. 혹시 수상하게 움직이는 물건들이 있으면 알려주면 되오."

"알겠습니다. 그런데 저어, 혹시 하오문과 같은 방법을 사용하실 건가요?"

소문을 퍼뜨릴까 물어봤다.

하지만 철경은 고개를 저었다.

그러기에는 시간이 부족했다. 약속 시간까지 열흘도 남지 않았으니.

철경은 그것보다 확실한 방법을 사용할 생각이었다.

무영문의 경아인까지 떠나고 나자, 남은 인원들은 태전문 사람들과 진서뿐이었다.

그런데 진서는 아까부터 한곳을 바라보고 있었다.

그녀는 기분 나쁜 듯 중얼거렸다.

"저 새끼들은 뭐지? 이상한 놈들이 멀리서 지켜보는데."

"아아, 깜빡했군"

철경은 그제야 생각난 듯, 일행들에게 말했다.

"당분간 같이 다닐 사람들이 있다."

철경은 수신호를 보냈고, 잠시 후 두 사람이 나타났다.

한 명은 여자였다.

일단 굉장히 아름다웠다.

이제 막 방년(芳年)을 넘긴 듯한 나이에, 한줄기 청초한 꽃을 연상시키는 외모였다.

피부는 맑고, 잡티 없이 깨끗했다.

눈동자는 크고 초롱초롱했으며, 머리카락은 윤기 있고 찰랑찰랑거렸다.

가히 천하일색이라 부를 수 있었다.

그녀가 고개를 살짝 숙였다.

"안녕하세요. 수선화라고 합니다."

그러면서 부끄러운 듯, 눈을 살짝 내렸다.

그 모습이 굉장히 매력적이며, 남자들의 보호본능을 자극했다.

아니나 다를까, 남자들은 모두 넋이 나간 듯 바라보았다.

특히 태전문의 다섯 사범들은 모두 젊은 남자였다.

그녀의 모습에 눈을 떼지 못했다. 또 누군가는 입에서 침을 흘리기도 했다.

심지어 절정 고수인 허종과 태조인 역시 멍하니 바라볼 정도였으니.

그때 철경과 진서가 동시에 움직였다.

철경은 아무렇지도 않게 단검을 하나 던졌다. 그리고 진서는 좀 더 과격했다.

그녀는 단검을 휘두르며, 검기를 줄줄 날렸다.

파파파팍.

"어머나."

수선화는 교태를 부리며, 발을 툭 찍었다.

그녀는 하늘거리며 진서와 철경의 공격을 피했다. 입가에 미소를 머금고 있는 것이, 여유가 있어 보였다.

"어머. 왜 이러세요?"

수선화는 철경을 훌겨봤다. 그 모습 또한 청초하게 보인다.

하지만 철경은 마치 돌멩이를 보듯, 무뚝뚝하게 말했다.

"내 앞에서 미혼술(迷魂術)을 쓰지 말라고 했을 텐데."

"어머머, 무서워라."

그러면서 철경 옆으로 다가갔다.

철경의 굵은 팔뚝을 슬쩍 잡으면서 애교를 부렸다.

"이건 다, 철 대협 때문이에요. 내가 아무리 해도 반응을 안 보이니까, 내 미모가 꺾였는지 걱정되지 뭐예요? 그래서 잠깐 확인한 것뿐이라고요."

타고난 애교가 이런 것일까?

종달새처럼 조잘거리는 모습 또한 남자들의 가슴을 녹이기에 충분했다.

하지만 철경에게는 금륜안이 있었다.

특히 명시를 개방한 후에는 어떤 유혹에도 흔들리지 않았다.

수선화가 무슨 짓을 하든, 여자로 보이지 않는다. 오히려 자신의 말을 듣지 않아 눈살을 찌푸렸다.

그리고 미혼술에 흔들리지 않는 사람이 또 있었다.

“이년이 감히 누구 앞에서…….”

진서가 몸소 움직였다.

그녀가 진심으로 움직이자, 금방 수선화를 따라잡았다.

까강.

그런데 철경이 그녀의 단검을 막았다.

진서는 눈에 쌍심지를 켜고 소리쳤다.

“뭐야? 지금 보호라도 하겠다는 거냐?”

철경은 고개를 저었다.

“죽이지는 마라.”

그러고는 뒤로 훌쩍 물러섰다.

그 모습에 진서와 수선화 모두 깜짝 놀랐다. 그들은 철경을 한 번 보다가 서로를 바라봤다.

진서는 미소를 지었다. 마치 먹잇감을 노리는 암사자 같았다.

반면 수선화는 깜짝 놀라서 소리쳤다.

“자, 잠깐만요. 나는 신교에서 왔서요. 우린 철경 대협과 계약을 맺어서…….”

“그래. 그래. 죽이진 말랬잖아. 나도 그럴 생각이야.”

진서는 단검을 집어넣고, 주먹을 들었다.

퍼퍼퍽. 퍼억.

“꺄아아악.”

“이년아. 어디서 되지도 않게 미혼술을 질질 흘리는 거야? 죽이진 않겠지만, 앞으로 까불면 죽도로 얻어맞는다. 알겠어?"

"아아악. 그, 그만……. 알겠어. 알겠다고요. 아악."

수선화도 처음에는 반격하려 했다.

그녀도 초절정 고수였고, 내공만큼은 상당했다.

하지만 상대는 귀후라 불리는 화경의 고수였다.

반격은커녕, 피하기도 힘들었다.

그냥 흠뻑 두드려 맞았다.

그 모습을 본 남자들은 그제야 정신을 차렸다.

미혼술에서 벗어난 것도 있지만, 때리는 존재가 그 무시무시한 존재임을 깨달은 것이다.

사흑파의 사하기를 죽인 화경의 고수.

"흠흠."

"흐으음. 어서 준비합시다."

정신을 바짝 차렸고, 시키지 않아도 자진해서 준비를 했다.

수선화는 얼굴에 퍼런 멍이 들었고, 퉁퉁 부었다.

그리고 무릎을 꿇은 채 용서를 빌었다.

"흐흑. 죄송해요. 잘못했어요."

"이제 좀 보기 좋네. 한 번만 더 까불면 아예 칼로 얼굴을 긁어버린다."

"네엡."

수선화는 고개를 푸욱 숙였다.

그때 수선화랑 같이 나타난 노인이 다가왔다. 혀를 차며 중얼거렸다.

"쯧쯧. 그러게 내가 도발하지 말라고 했는데도."

같은 편인 수선화가 얻어맞는데도 아무렇지도 않아 보였다. 오히려 고소해하는 눈치였다.

진서의 눈에는 그도 마음에 들지 않았다.

그래서 거칠게 말을 뱉었다.

"넌 뭐야? 코가 왜 그래?"

노인은 자신의 빨간 코를 어루만지며, 히죽 웃었다.

"인사드립니다. 귀후."

그는 검은 옷을 입었고, 진서의 말처럼 유난히 빨간 코를 가졌다.

노인은 철경에게 물었다.

"나부터 소개해도 되겠소?"

"그러시오."

"흠흠. 반갑습니다. 나는 흑수마혼(黑手魔魂) 만장수라고 합니다. 그리고 저기 맞고 있는 년은 채화랑(採花郞) 수선화인데, 앞으로 몇 달간 같이 지낼 것 같습니다. 적대적인 관계는 아니니, 잘 지내봅시다."

히죽 웃으면서 웃는 모습이 마음씨 좋아 보이는 할아버지 같았다.

하지만 그가 밝힌 별호에는 사파 특유의 감성이 묻어있었다.

아니다. 사파보다는 좀 더…….

"참고로, 우린 마교에서 왔소."

그 말이 떨어지자마자, 모두가 깜짝 놀랐다.

하던 일을 멈추고, 고개를 돌려 두 사람을 바라봤다.

그들의 눈빛에는 두려움, 당혹감, 놀라움이 섞여 있었다.

추신검문의 보물을 대부분 팔고, 전표와 금으로 바꾸었다. 약초, 영약 같은 걸 남겼지만, 부피가 얼마 되지 않았다.

즉 짐이 확연히 줄어들었다는 의미였다.

그리고 추적을 피하기 위해서, 사람들을 나누어서 올려보냈다.

목적지는 태전문, 하지만 가는 길은 모두 달랐다. 소규모로 움직이니, 하오문조차 쫓지 못했다.

그러니 이제 추신검문의 보물을 쫓던 무림인들은 볼 수 없었다.

청해호에서 모두 사라졌다고 믿었다.

그렇게 철경은 무림인들을 따돌리고, 태전문으로 올라갔다.

하나둘 흩어졌던 사람들이 모두 태전문으로 모여들었다.

그리고 잠시 몸을 피해있던 태무경과 철경의 제자들도 태전문으로 돌아왔다.

특히 제자들은 철경을 무척이나 반겼다.

"사, 사부님! 어, 어서 오십시오."

"보고 싶었습니다."

"다행히 안 죽고 오셨네요."

"반갑다. 사부."

아무래도 진서의 밑에서 너무 고생한 것 같았다.

모두 살이 쏙 빠져 있었다.

특히 제갈민은 오동통한 볼살은 사라지고, 몸에 가죽만 남은 모양새였다.

그리고 진서를 보자, 자신도 모르게 철경 쪽으로 붙었다.

감정표현이 거의 없는 제갈민이 그러는 걸 보니, 고생을 된통 한 것 같았다.

철경은 진서를 쳐다봤다. 그녀는 먼 산을 보면서 중얼거렸다.

"흠흠. 애들이 핼쑥해 보여도, 아주 건강한해. 그리고 저래야 진정한 무림인이라 할 수 있지."

물론 이런 걸로 진서에게 따지고 싶은 생각은 없었다.

다만 철경은 수고했다는 의미로 아이들의 어깨를 한 번 다독여 주었다.

그리고 말했다.

"기초 체력은 된 것 같으니, 내일부터 본격적으로 초식을 익히도록 하겠다."

몇 달 만에 만났는데, 이런 반응이 전부인가?

하다못해 수고했다, 고생했다 등, 따뜻한 말과 함께 한 번 안아줘야 하는 것 아닌가?

주위 사람들은 그렇게 생각했다.

하지만 철경의 제자들 역시 보통 아이들은 아니었다.

애초에 말솜씨가 없는 태천부와 원주는 철경의 이런 반응에 오히려 좋아했다.

"여, 열심히 하겠습니다."

"사부. 나 강해졌다. 더 강하지게 해주어 고맙다."

두 사람은 결의를 다졌다.

태천화와 제갈민은 한숨을 쉬면서도 미소를 지었다.

"휴우. 우리 사부는 일관성이 있다니까."

"그래. 저래야 우리 사부답지."

무뚝뚝하고, 다정함과는 거리가 멀다. 하지만 그런 점이 철경의 매력이었고, 멋이었다.

여자 제자들은 그렇게 생각했다.

그리고 모두 내일 새벽 수련을 위해 일찍 잠이 들었다.

그사이 철경은 태무경을 만났다.

태무경이 부른 탓이다. 그뿐 아니라, 다른 사람들도 모여 있었다.

태무경이 말했다.

"정말 적절한 순간에 딱 맞게 오셨습니다. 급히 의논할 일이 있거든요."

이제 막 도착한 사람도 있었지만, 짐을 풀 시간도 없었다.

철경과 진서, 태조인과 허종까지 다섯 명이 대전에 모였다.

"솔직히 이런 상황이 운이 좋다고 해야 할지 모르겠습니다. 하지만 제 생각에는 기회가 온 것 같습니다."

"그게 무슨 말이냐??"

태조인이 의아해서 물었다. 태무경은 자세히 설명했다.

"아시겠지만, 저와 아이들은 공수의 현령 집에 숨어있었습니다. 그런데 바로 어젯밤 현령이 저를 불러서 귀한 정보를 주셨습니다."

"정보라니?"

"네. 아, 모르시는 분도 계시니, 이것부터 설명 드려야겠네요."

태무경은 철경을 위해서 처음부터 알려주었다.

황실에서 공문이 내려왔다.

내년에 대규모 보급진지를 건설할 계획이니, 미리 길을 닦으라는 내용이었다.

하지만 관의 인력만으로는 이 넓은 길을 닦을 수 없으

니, 입찰을 통해 업체를 선정한다.

그럼 그 업체가 주축이 되어, 길을 닦는 대규모 공사를 진행할 것이다.

무척이나 큰 공사인 만큼, 큰돈을 벌 수 있는 기회였다. 그리고 황실에서 진행하는 일이니, 돈을 떼일 염려도 없었다.

때문에 큰 상단이나, 대문파에서도 탐을 냈고, 많은 사람들이 관심을 가졌다.

다행히 공수의 현령이 후보를 선정한다. 그는 태전문에 우호적인 만큼 후보에 꼭 넣어주겠다고 약속했었다.

"하지만 그 후보자 중에서, 선정하는 사람은 절도사라 합니다."

절도사란 청해성을 다스리는 관리였다. 그러니 권한이 막강했다.

"현재 제일 유력한 후보는, 절강성의 강자 천안검문입니다. 그들은 이번 입찰을 따내기 위해 덕령합에 분파를 세웠고, 절도사에게 뇌물을 줬다고 합니다."

"그럼 공수의 현령이 줬다는 정보는 무엇이냐?"

"바로 그 절도사에 관한 정보인데요. 본래 공수의 현령은 우리 태전을 위해 절도사와의 자리를 만들어주려고 했었습니다. 하지만 안타깝게도 절도사가 거절했었죠. 시간이 없다는 핑계를 들면서요."

"그건 아쉽구나."

"그런데 실은 다른 이유가 있다고 합니다."

태무경은 오묘한 미소를 지었다.

"사실은 절도사의 부인이 몹시 아프다고 하더군요. 그런데 그 증상이…… 놀라지 마십시오. 예전에 아버님이 겪었던 것과 비슷합니다."

"내가 겪었던 거라면, 자면충 말이냐?"

"바로 그겁니다."

현재 절도사의 부인은 열흘째 깨어나지 못하고 있다고 한다.

어디 아픈 것도 아니고, 열이 나는 것도 아니었다. 그냥 잠을 자는 것처럼 누워 있으며, 깨어나지 못한다고 한다.

"절도사는 부인을 몹시 사랑하고, 아끼는 분입니다. 그래서 청해의 유명한 의원들을 모두 불렀고, 내공 고수까지 초빙했다고 하는데요. 하지만 역시 아무도 고치지 못하고 있답니다. 심지어 증상도 알지 못한다네요."

"허어, 그럼 정말로 자면충이 원인이라면……."

"우리에게 해결책이 있지요."

태무경과 태조인은 철경을 바라봤다.

철경이 입을 열었다.

"만약 그 부인을 고쳐주면, 우리에게 어떤 이익이 있소?"

"우리가 입찰 건을 따낼 수 있습니다. 그것으로 부호들에게 투자를 빌미로 돈을 빌릴 수 있죠."

태무경은 제갈민에게 들었던 내용을 전해주었다.

그러자 철경은 고개를 끄덕였다.

"좋소. 그럼 해봅시다."

태무경은 그길로 현령에게 달려갔다.

공수의 현령은 태무경의 말을 듣고, 크게 놀랐다.

"그게 정말인가? 치료 방법이 있다고?"

"네에. 예전에 저희 아버님도 비슷한 증상이 있었습니다. 철 대협이 완벽하게 치료했었죠. 곧바로 깨어나셨고, 지금까지 건장하십니다. 만약 절도사의 부인께서 같은 병이시면, 철 대협이 치료를……."

"알겠네. 당장 가세나."

공수의는 곧바로 마차를 준비시켰다.

오히려 태무경이 당황했다.

이토록 급하게 서두를지는 몰랐으니까.

"저어, 현령님. 그런데 치료 방법이 조금 과격해 보일 수도 있습니다. 물론 철경 대협은 믿을 수 있는 사람이지만, 높은 어르신들이 오해를……."

"철경이라면, 삼대룡 중 한 명 아닌가?"

"그렇죠."

"그런 고수라면 믿을 수 있지. 그리고 사실 상황이 그리 여유롭지 못하다네."

현령의 말에 따르면, 절도사의 상태가 심각하다고 한다.

자신의 직위를 이용해서 온갖 방법을 동원하고 있는데, 차도가 전혀 없다.

때문에 지금은 슬픔을 넘어서서 화를 내고 있다고 한다.

"청해성 모든 관리들에게 비공식적으로 명을 내렸네. 만약 열흘 안에 부인의 치료법을 찾지 못하면, 전부 강등시켜 버리겠다고."

"청해 전체 관리를 말입니까?"

"물론 현실적으로 불가능하지. 하지만 상당수는 잘리거나 강등당할 거야. 우리 소문현 절도사님은 한다면 하는 분이거든."

평소에는 공과 사를 구분하지만, 가족과 연관된 일이면 난폭해진다고 한다.

"과거에도 비슷한 일이 있었어. 그러니 지체할 시간이 없다네."

"그래도 이틀만 시간을 주시면, 무영문을 통해 조금 더 조사를……."

"괜찮아. 괜찮아. 말했듯이 내가 절도사님과 친한 사이니까, 혹여나 자네들이 실수해도 크게 문제 삼지 않을 거야. 기껏해야 몇 번 욕을 듣겠지."

그는 끝까지 우겼고, 결국 그날 오후에 떠나기로 약속했다.

태무경은 즉시 태전문으로 돌아와서 철경을 찾았다.

마침 철경은 제자들과 수련 중이었고, 사정을 듣고 고개를 끄덕였다.

"좋소. 그것부터 해결합시다."

"이해해 주셔서 고맙습니다."

철경과 태조인, 태무경은 함께 관청으로 향했다. 그리고 현령과 함께 마차를 타고 마을을 떠났다.

목적지는 소문현 절도사가 있는 곤령이었다.

마차는 쉬지 않고 꼬박 하루를 달렸다.

철경은 성격상 따로 움직이려 했으나, 현령이 동승하기를 원했다.

결국 그의 체면을 생각해서 같이 움직였다.

하지만 어울리지는 못했다.

공수의 현령은 계속 질문을 던졌지만, 철경은 단답으로만 대답했다.

딱딱한 얼굴로 짧게 대답하니, 현령이 좋아할 리 없었다.

어색한 분위기 속에 태조인과 태무경 부자만 진땀을 흘

렸다.

그렇게 반나절이 흘렀고, 마침내 곤령에 도착했다.

막상 도착하니, 상황이 급박한 걸 알 수 있었다.

백 명이 넘는 사람들이 줄을 지어 서 있었다.

각 현에서 현령들이 보낸 사람들이다. 그들은 절도사의 부인을 진료하기 위해 대기하고 있었다.

공수의 현령은 대기자 명단에 이름을 올리고, 철경 일행도 맨 뒤에 줄을 섰다.

태조인은 주위를 보면서 감탄했다.

"놀랍구나. 이렇게 많은 의원들이 한 자리에 모이다니."

그러자 앞에 서 있는 사내가 대꾸한다.

"뭘 모르는구려. 여기 있는 사람들은 대부분 의원이 아니오. 무림인도 있고, 약초꾼도 있고, 점술사, 풍수사도 있지."

"그럼 의원은 어디 있소?"

"처음에는 의원이 왔었지. 하지만 그들은 다 실패했고, 더 이상 의원이 없어, 다양한 사람들을 부르는 거요."

"그렇군요."

'하긴 엄밀히 따지만, 철경 역시 의원이 아니니까.'

그때 누군가의 목소리가 들렸다.

"흥. 그러니까 문제지. 의술이 얼마나 우습게 보이면, 개나소나 다 오는 건지. 쯧쯧쯧."

한 사람이 비꼬는 어투로 중얼거렸다. 사천당문 특유의 녹색 무복을 입고 있는 남자였다.

나이는 사십 대 중반, 얄팍한 입술에 자신감 넘치는 눈빛으로 이쪽으로 걸어왔다.

그의 옆에 있는 남자는 역시 사십대 중반의 나이였으나 백색 옷을 입었다.

그는 살짝 당황했다.

“당비수 대협. 목소리가 너무 큰 것 같습니다.”

“왜요? 제가 틀린 말을 했습니까? 몸이 아프면, 의원에게 맡겨야죠. 점술가, 약초꾼이 웬 말입니까?”

“그래도 멀리서 오신 분도 계신데…….”

“모두 쓸데없는 짓이지요. 사천당문과 신수의원이 해결하지 못한다면, 다른 이도 해결하지 못합니다.”

여기 모인 백이십 명은 기분 나쁜 듯, 쳐다보고 있었다.

그런데 사천당문과 신수의원이라는 말이 나오자, 오히려 얼굴을 붉혔다.

사천당문은 독에 관한 천하 삼대 문파 중 하나였다. 그리고 신수의원은 의술에게 관하여, 천하에서 세 손가락 안에 드는 의원이었다.

그런 사람들이 와서, 저런 소릴 한다?

딱히 반박할 말이 없었다.

그를 데려온 이는 ‘고대’라는 현령이었다.

그 역시 잔뜩 콧대를 세운 채, 큰소리쳤다.

"흠흠. 진짜 의원이 오셨으니, 다들 비켜주시오."

실제로 절도사 측도 그렇게 생각한 모양이다.

다른 사람들이 기다리고 있는데도, 제일 마지막에 도착한 두 사람을 먼저 안으로 들였다.

당비수는 어깨를 으쓱이며, 당당히 안으로 들어갔다.

그런데 갑자기 놀라운 표정으로 한곳을 바라봤다.

줄을 선 사람들 중에서 유난히 눈에 띄는 사람이 있었다.

키가 십 척에 가까울 정도로 크고, 어깨가 딱 벌어졌다. 머리카락은 짧고, 유난히 큰 철검을 어깨에 메고 있었다.

무뚝뚝한 표정에 범접할 수 없는 분위기.

세상에 큰 사람은 많지만, 저 정도로 인상적인 사람은 별로 없을 것이다.

당비수는 그에게 다가갔다.

"당신 이름이 혹시 철경이오?"

철경은 당비수를 바라봤다. 처음 보는 자였다.

그는 말없이 고개를 끄덕였다.

그러자 당비수는 신기한 동물을 쳐다보듯, 유심히 바라봤다.

"흐음. 당삼재 어르신 말씀이 거짓말은 아니었군."

당삼재가 나에 대해 말했던가?

당비수는 철경에게 다시 물었다.

"당삼재 어르신을 기억하시오?"

"알고 있소."

"우리 당문에는 언제 방문할 생각이오? 어르신이 오매불망 기다리고 있는데."

"때가 되면 갈 거요."

철경의 짧게 말에 당비수는 살짝 기분이 나빠졌다.

당삼재는 달랐다. 여불위의 무덤에서 돌아온 이후에 잔뜩 흥분한 상태였다.

언제나 신이 나고, 자랑하고 싶어서 난리였다. 시간이 있을 때마다, 지나가는 당가 사람들을 잡고, 자신이 겪은 모험담을 풀어 설명했다.

그리고 그가 말한 내용 중, 단연 돋보이는 인물은 철경이었다.

강한 무공과 똑똑한 머리, 사람들을 휘어잡는 분위기와 사람들을 이끄는 역량까지.

당문 사람들도 본받아야 한다고 입에 마르도록 칭찬했었다.

그런데 정작 철경이란 놈은 당삼재 어르신에 대해 얼렁뚱땅 대답해?

당삼재 어르신을 좋아하진 않지만, 그래도 모욕당하는 꼴은 못본다. 그건 당문의 자존심이 상하는 일이었다.

당비수가 다시 물었다.

"혹시 그쪽도 절도사의 부인을 치료하러 온 거요?"

"그렇소."

"흐음. 그럼 혹시 같이 가지 않겠소? 만에 하나 우리가 실패하면, 그쪽이 시도해 보시구려."

반은 놀리는 말투였다.

그는 당문의 독술에 자신 있었고, 멋지게 치료하는 모습을 보여 당문의 위상을 보여줄 생각이었다.

반면 철경의 입장에서는 거절할 이유가 없었다.

뻔히 속 보이는 수작이지만, 백번째 차례를 기다리는 것보다는 나았다.

"나는 좋소."

"그럼 따라오시오."

당비수는 자신이 선심을 베푸는 것처럼 말했다.

그리고 고대 현령을 바라보자, 그는 인상을 살짝 구기면서 고개를 끄덕였다.

현령이란 벼슬을 가지고 있지만, 지역의 패자인 당문 앞에서는 약자였다.

그리고 당비수는 옆에 있는 신수의원의 상서복에게도 양해를 구했다.

"제가 아는 사람인데 같이 가도 되겠습니까?"

"저는 괜찮습니다."

"감사합니다."

신수의원은 문파는 아니지만, 그 이상으로 위명이 있는 곳이다.

특히 상서복은 신수의원에서도 다섯 명밖에 없는 성의원으로 존경을 받았었다.

당비수도 조심스러운 사람이었다.

그렇게 철경 일행은 안으로 들어갈 수 있게 되었다.

절도사는 청해성을 다스리는 권력자였다. 청해성 안에서는 황제이상의 힘을 가지고 있었다.

그런 절도사가 제일 아끼는 부인이고, 그런 부인을 치료하는 일이다.

만에 하나 잘못된다면, 이곳에 있는 만여 명의 병사들이 가만 있지 않을 것이다.

"굉장히 신중하게 치료하셔야 합니다."

길을 안내하는 이가 주의점을 알려주었다.

"먼저 환자의 상태는 의원만 볼 수 있습니다. 팔목만 만지는 걸 허락하니 참고 하십시오. 만약 병명에 대해 알아내신다면, 절도사님과 대기하고 있는 의원 열 명에게 먼저 공개하셔야 합니다."

그리고 치료 방법도 알려야 한다. 만약 의원 열 명 중 과

반수가 반대한다면, 치료도 못 하고 물러나야 했다.

실제로 대부분의 사람들이 시도도 못 해보고 쫓겨났다.

마침내 커다란 방으로 도착했다.

오십 명이 넘는 관군들이 창을 들고 벽에 서 있었다.

한쪽에는 침상이 놓여 있었고, 비단과 수렴이 처져 있었다.

다른 한쪽에는 절도사와 관료들이 앉아있고, 그 옆으로 열 명의 의원이 앉아 있었다.

그들은 무척 피곤해 보였다.

열흘이 넘도록 수백 명의 사람들을 맞이했고, 그들이 행하는 의술이나 말을 듣고 판명해야 했으니까.

이번에는 정신을 번쩍 차렸다. 당문과 신수의원이지 않는가?

또한 소문현 절도사 역시 기대에 찬 얼굴이었다.

"그 유명한 곳에서 와주었군."

이쪽도 예를 갖추었다.

특히 고대 현령은 그의 앞에 철퍼덕 엎드렸다.

"이 두 분이 멀리서 온다고 조금 늦었습니다. 송구스럽습니다. 대인."

"고대라고 했던가? 고생 많았네."

"아닙니다. 제가 고생이라고 할 것도 없었습니다. 저는 그저 부인께서 쾌차하시길 바랄 뿐입니다. 그리하여, 절도사님께서……."

"공치사는 그쯤하고, 진료부터 하지."

"아아, 네에."

소문한 절도사는 급하게 말했다.

당비수와 상서복은 서로를 바라보았다. 누가 먼저 나설지 결정해야 하는데.

상서복이 양보했다.

"먼저 하시지요."

"흐음. 감사합니다."

당비수는 자신 있게 침상 쪽으로 걸어갔다.

그는 현 당문에서 다섯 손가락 안에 드는 독술과 의술 실력을 지녔다.

그가 살린 사람만 수백 명이니, 내심 자신 있었다.

침상 위에는 사십 대 중반의 여인이 누워 있었다.

안색이 파리했고, 숨소리는 편안했다. 마치 잠을 자는 것 같았다.

옆에 하녀가 기다리고 있다가, 수렴 사이로 여인의 손만 밖으로 내밀었다.

당비수는 손목을 잡고, 진맥을 시작했다.

"흐음."

그는 아주 신중하게 살폈다.

그사이 철경 역시 여자를 살펴보았다.

금륜안을 끌어올려, 특히 머리 쪽을 유심히 관찰했다.

그리고 자면충을 발견했다.

'재미있군. 정말로 자면충이라니.'

무슨 목적인지 몰라도, 누군가 분명 자명충을 퍼뜨리고 있었다.

그런데 누가? 왜 이런 짓을 저지르는 걸까?

[어떤가?]

태조인이 전음으로 물었다.

철경은 곧바로 대답했다.

[자면충입니다.]

[그럴 수가. 왜 남만에 있어야 할 벌레들이 여기에 있지? 누군가 고의로 퍼뜨리는 걸까?]

[아마도요.]

"어떤가? 병명을 알 수 있겠는가?"

그때 절도사가 당비수에게 물었다.

당비수는 처음 들어왔을 때와는 표정이 달라졌다. 잔뜩 경직되어 있었다.

그는 어렵게 입을 열었다.

"짐작 가는 것이 있습니다."

"정말인가?"

"오오오."

"과연 당문."

절도사는 물론, 다른 의원들도 흥분했다.

하지만 당비수는 신중하게 말했다.

"그전에 목 뒤 쪽을 확인해야 합니다. 그리고 신수의원의 상서복 의원도 진료를 했으면 합니다."

"그래. 그렇게 해야지. 치료에 만전을 기해야 하니까."

절도사가 허락하자, 상서복 의원도 부인의 진맥을 짚었다.

그리고 부인의 목 뒤를 살피고, 희미한 보라색 선을 확인했다. 그의 표정도 굳어졌다.

"혹, 자면충이……."

"역시 그렇습니까?"

두 사람은 놀랍게도 자면충에 대해 알고 있었다.

당문은 남만과 지리적으로 가까웠고, 그곳의 독충이나 독초, 고에 대해서 연구를 많이 했었다. 그리고 신수의원은 역사가 오래된 곳이라, 방대한 양의 자료를 가지고 있었다.

두 사람의 표정을 본, 절도사가 다그쳤다.

"병명을 알아냈으면, 어서 고하거라."

"네에. 아뢰옵기 황송하나, 자면충으로 짐작됩니다."

"자면충?"

의원들 사이에서도 웅성거렸다.

대부분 자면충에 대해 모르고 있었다.

당비수가 입을 열었다.

"혹시 고독(蠱毒)에 대해 들어보셨습니까?"

"들어는 봤네만…… 그 자면충이 고독이란 말인가?"

소문현 절도사는 얼굴을 구기며 물었다.

감히 누가 끔찍한 고를 넣었단 말인가?

자신의 부인에게?

너무 화가 나서 몸을 부들부들 떨었다.

당비수는 조심스럽게 설명했다.

"고독의 일종이긴 하나, 목숨을 앗아가거나, 괴롭히는 용도는 아닙니다. 오히려 기생충에 가깝지요."

"어쨌든 병명을 알았으면, 어서 치료해 주게."

"그게…… 조금 까다롭습니다."

상서복 의원이 말을 이었다.

"자면충은 사람의 머릿속, 정확히 뇌에 기생하는 벌레입니다. 정확한 원리는 모르나, 뇌의 양분을 뺏어서 자라나지요. 그리고 환자는 가사 상태에 빠지게 됩니다."

"그래서?"

"치료 방법이 까다롭습니다. 우선 뇌의 한가운데 위치하여 물리적으로 빼내기 힘듭니다. 크기가 작고, 머릿속은 굉장히 민감하니까요."

당비수가 서둘러 말했다.

"다른 방법도 있습니다. 운남의 원주민이 사용하는 방법인데, 특별한 약초를 태워, 자면충을 빼내는 방법이 있습니다. 또 독전문의 하늘피리를 이용해 불러내는 방법도 있지요."

"그럼 어서 치료를 해야지 뭐 하는가? 어서 빨리…… 혹시. 설마 독문이나 운남에서 그것들을 가져와야 하는가?"

그제야 절도사도 문제점을 깨달은 것 같았다.

당비수와 상서복은 고개를 끄덕였고, 절도사는 화가 나는 것을 꾹꾹 참았다.

옆에 있는 다른 의원들이 그를 위로했다.

"그래도 대김. 정확한 원인을 찾았고, 치료 방법도 있지 않습니까? 희소식입니다."

"맞습니다. 시간문제일 뿐입니다."

"지금부터 서둘러 움직인다면, 한 달…… 아니, 스무날이면 필요한 물건을 가져올 수 있을 겁니다."

"끄응. 스무날이나."

소문현 절도사는 스무날이나 시간이 걸린다는 게 마음에 들지 않았다.

당비수는 절도사의 눈치를 보다가 입을 열었다.

"스무날은 힘듭니다. 한 달 이상의 시간이 필요합니다."

"무슨 말인가?"

"독전문은 운남 입구에 있으니, 결국 운남까지 내려가야 합니다. 그리고 하늘 피리는 독전문에서 아끼는 물건이라 빌리는 게 쉽지 않습니다. 또 자면충을 유인하는 약초 역시 구하기 어렵습니다. 운남의 깊숙한 곳에 자생하는 약초이고, 근처 부족의 허락을 받아야 하는지라……."

"그래서 며칠이나 필요한가?"

절도사는 결국 참지 못하고 소릴 질렀다.

분위기가 싸늘하게 변했다.

그때 태무경이 철경에게 속삭였다.

"대협, 지금 나서는 것이 어떻습니까?"

"생각 중이오."

그런데 공수의 현령이 뒤에서 두 사람의 대화를 들었다.

의아한 듯 태무경에게 물었다.

"그게 무슨 말인가? 나서다니?"

"아, 사실은……."

태무경은 공수의 현령에게 속삭였다.

자신의 아버지도 자면충이 기생했었고, 철경이 치료했다고 짧게 설명했다.

"저, 정말인가?"

공수의는 크게 기뻐하며, 소문현 절도사에게 달려갔다.

태무경이 말릴 새도 없었다.

"대인. 기뻐해 주십시오. 제가 데려온 무사가 자면충을 치료할 수 있다고 합니다."

"오오. 정말인가?"

당비수와 상서복은 물론, 그동안 심드렁하던 의원들까지 깜짝 놀라 쳐다봤다.

공수의는 그런 시선을 즐기면서 신나게 설명했다.

"사실 저 뒤에 있는 노인도 자면충에 감염되었답니다. 그리고 저 무인이 자면충을 치료했다고 합니다."

모두의 시선이 철경에게 향했다.

당비수가 제일 크게 놀랐다.

"어, 어떻게 치료한단 말이오?"

철경은 무뚝뚝한 얼굴로 품속을 뒤졌다.

그는 길고 가는 침을 꺼냈다.

자면충이란 말을 들었을 때부터, 미리 준비한 물건이었다.

철경은 그걸로 여인의 머리를 가리켰다.

"찔러서 자면충을 빼낼 거요."

"뭐, 뭐라고?"

"허어, 허허허."

소문현 절도사는 어이가 없이 바라봤다. 그리고 당비수는 허탈한 듯 웃었다.

다른 의원들 역시 철경의 말을 크게 비웃었고, 소리높여 반대했다.

"말도 안 되는 소릴 하시는군요."

"그런 무지한 방법으로 치료를 한다고요?"

"절대 안 됩니다. 대인."

"너무 위험합니다."

"저는 저자가 기본적인 의학 지식을 갖추고 있는지도 의문이군요."

심지어 방금 전까지 자신 있게 추천한 공수의 현령조차 놀라서 쳐다봤다.

설마 그런 치료법일 줄이야.

그는 철경을 데려온 것 자체를 후회했다.

'잘못했다. 미리 물어보고 데려올 것을.'

치료 여부를 떠나서, 절도사의 부인 몸에 그런 짓은 할 수 없었다.

너무 위험한 짓이었다.

아니나 다를까 절도사는 크게 화를 냈다.

대청이 떠나가라 소릴 질렀다.

"네, 이놈 정신이 나간 것이냐? 뭣들 하느냐? 당장 저놈을 쫓아내거라."

"네엡."

벽에 붙어 있던 관병들이 창을 들었다. 그들은 철경을 겨누며, 철경을 포위했다.

반면 철경은 특유의 무표정으로 가만히 서 있었다.

무슨 생각을 하는지 알 수가 없었다.

태조인과 태무경은 살짝 당황했지만, 철경을 믿기에 기다렸다.

관군이 계속 다가오자, 그제야 철경이 입을 열었다.

그는 소문현 절도사에게 물었다.

"이대로 가도 상관없으나, 한 가지 묻고 싶소."

"건방진 놈. 말투가 마치 시정잡배 같구나."

"부인은 자면충에게 왜 감염되었을까? 생각해보셨소?"

절도사는 입을 꾹 다물었다.

분명 화가 나는 놈이다. 하지만 정말 중요한 질문을 했고, 반드시 밝혀내야 할 일이었다.

다른 사람들 역시 같은 생각이었다.

자면충은 남만, 그중에서도 운남이라는 아주 깊은 지역에 사는 벌레였다.

그런 벌레가 어떻게 청해에 나타났으며, 항상 성 내에 거주하는 절도사의 부인이 감염되었을까?

말은 하지 않았지만, 모두 공감하고 있었다.

이번 일은 누군가 인위적으로 벌인 일이다. 일부러 자면충을 부인에게 주입한 것이다.

그럼 누가 그런 일을 벌였단 말인가?

소문현 절도사는 다혈질이긴 하지만, 머리가 좋은 편이다.

철경의 당당한 태도를 보아, 뭔가 아는 것 같았다.

"좋다. 일단 너의 말을 들어보겠다."

자신의 화를 억누르고, 주위의 관병을 물렸다.

철경은 말을 하는 대신, 앞으로 걸어갔다.

그는 부인에게 걸어가지 않았다. 뜬금없이 소문현 절도사 옆에 서 있는 의원들에게 다가갔다.

그리고 의원 열 명 중, 네 번째 남자에게 불쑥 물었다.

"당신은 답답하지 않소?"

마른 몸매에 작은 체구, 코 옆에 커다란 점을 가지고 있는 의원은 깜짝 놀라 대꾸했다.

"무, 무슨 말입니까?"

"얼굴에 인피면구를 쓰고 있잖소? 불편할 것 같아서."

말이 끝나기 무섭게 의원은 빠르게 움직였다.

제비처럼 날쌔고, 창문으로 달려갔다. 그대로 도망치려는 것 같았다.

하지만 철경도 준비를 하고 있었다.

퍼퍽.

그를 따라가서, 가볍게 제압했다. 경공만 알 뿐, 무공은 약한 자였다.

철경은 사로잡은 의원의 얼굴을 슬쩍 만졌다.

피부가 벗겨지더니, 아주 얇은 면구가 드러났다.

"저럴 수가."

"인피면구를 착용하고 있었다니."

"저 사람은 누구야?"

모두가 웅성거렸다.

사실 철경은 처음 들어왔을 때부터 눈여겨봤었다.

정확히 말하면, 금륜안을 일으킬 때부터 그의 인피면구를 알아챌 수 있었다.

철경도 몰랐지만, 금륜안의 명시는 인피면구를 구분할 수 있었다.

그리고 가짜 의원을 계속 살폈다.

당비수가 자면충에 관해 설명하자, 그의 심장이 유난히 뛰었다. 그리고 치료 방법이 없다고 아쉬워하자, 다시 심장 소리가 평소대로 줄어들었다.

그때 인피면구를 쓴 사내가 자면충과 연관이 있다고 확신했다.

가짜 의원이 들통나자, 절도사와 의원들은 놀라움을 금치 못했다.

하지만, 정작 충격을 받은 사람들은 따로 있었다.

태조인과 태무경이었다.

가짜 의원의 진짜 얼굴을 보자, 놀라서 소리쳤다.

"아버님. 저, 저놈은 그 의원 아닙니까?"

"그래. 맞다. 그 의원이야!"

두 사람은 기가 차서, 말도 재대로 하지 못했다.

철경이 물었다.

"아는 사람이오?"

태무경이 침울한 얼굴로 대꾸했다.

"삼 년 전, 고수와 싸워서 아버님이 쓰러졌을 때…… 제가 초청한 의원입니다. 저희 집에 사흘간 있으면서 아버님을 치료했었죠."

놀랍게도 가짜 의원은 태조인을 치료했던 의원이라고 한다.

철경이 정리했다.

"그러니까, 이 남자가 사숙을 치료하면서, 자면충을 집어넣은 거였군."

"이, 이 미친놈 때문에 아버님이 몇 년 동안 침상에서……."

태무경은 이를 악물며 가짜 의원에게 달려갔다. 너무 화가 나서 그의 멱살을 잡으려 했다.

하지만 철경은 말렸다.

"진정하시오. 나중에 기회가 있을 거요."

"끄응."

"그것보다 묻고 싶은 것이 있소. 이자가 먼저 접근했소?"

"으음. 그러니까……."

태무경은 몇 년 전의 기억을 떠올리며 대꾸했다.

"당시에 근처에 있는 의원에게 먼저 달려갔습니다. 그런데 돈이 없어서 모셔 오지를 못했죠. 그런데 이 자가 의원의 정문에서 서성이더군요. 그리고 내게 와서 말을 걸었습니다.”

“뭐라고 했소?”

“자신은 의술을 공부하는 사람이라고요. 그래서 무료로 치료해 줄 수 있다고…….”

“그래서 집으로 데려온 거요?”

그 남자의 한쪽 볼에 작은 화상 자국이 있었다.

키도 작고 연약해 보였고, 말투도 정중했다.

웃는 모습도 착해 보였다.

결정적으로 당시 태전문의 형편이 좋지 않았다. 아버님의 상태는 안 좋았고, 선택권이 없었다.

태무경은 우울하게 대답했다.

“결국 이자를 데려와서 아버님을 보여드렸소. 아무것도 모르는 제 눈에는 침을 잘 놓고, 치료를 잘하는 것처럼 보이더군요. 그리고 산에서 쉽게 구할 수 있는 약초를 구해서 탕약도 만들어 주었습니다. 아버님의 상태도 크게 호전되었고.”

그런데 갑자기 이틀 후에 잠에서 깨어나지 않았다고 한다.

철경이 물었다.

“이자를 의심하지 않았소?”

“처음에는 의심했었습니다. 하지만 너무 지극정성으로 치료를 해주었으니까요. 그리고 본인의 실력이 부족하다고 자책하면서 미안하다고 했고. 옆에서 보는 제가 안타까울 정도였습니다.”

“그러고 언제 떠났소?”

“열흘 정도 있었습니다. 결국 본인의 능력으로는 힘들겠다고 고백하면서 떠났죠. 다른 좋은 의원을 소개시켜 주면서요.”

태무경은 기분이 씁쓸하고, 본인에게 화가 났다.

결국 본인의 잘못으로 이상한 의원을 끌어들였고, 그 때문에 아버지가 자면충에 감염된 거니까.

태조인은 그런 태무경을 어깨를 두드렸다. 네 잘못이 아니라고 위로했다.

철경은 이번에 소문현 절도사에게 물었다.

“이자가 언제 찾아왔소?”

절도사도 태무경의 말을 들은 터였다. 그 역시 침울한 얼굴로 기억을 더듬었다.

“한 달 전에 부인의 몸이 나빠졌네. 가벼운 고뿔인가 싶어 의원을 두 명 불렀지. 저놈은 그중 하나였어.”

처음에는 차도를 보이는 것 같더니, 갑자기 부인이 일어나지 않았다고 한다.

그렇게 이틀 사흘이 넘어가자 심각함을 느끼고, 다른 의원을 불렀다.

하지만 아무도 병명을 알지 못했다.

설마 의원이 자면충을 집어넣은 줄은 상상도 하지 못했

었다.

둘의 상황이 비슷했다.

역시 가짜 의원이 자면충을 퍼뜨린 것이다.

모든 상황을 알고 나자, 소문현 절도사는 극도로 화를 냈다.

"당장 형부 이천위를 불러라."

당장 가짜 의원을 감옥에 집어넣고, 고문 기술자를 불러라 소리쳤다.

2장

하지만 굳이 고문 기술자를 부를 필요도 없었다.

가짜 의원은 깨자마자, 벌벌 떨었다.

그는 수변 사람들을 보고, 겁을 먹었다. 바싹 엎드려 죄를 빌었다.

"죄송합니다. 잘못했습니다. 죽을죄를 지었습니다. 한 번만 살려주십시오."

소문현 절도사가 화를 내며 물었다.

"네 이놈. 이름이 무엇이냐?"

"고, 공연이라고 합니다."

"자면충을 네가 옮긴 것이냐?"

"맞습니다. 죄송합니다. 죄송합니다."

머리를 땅에 박으면서 인정했다.

"이유가 무엇이오?"

"혀, 협박을 받았습니다. 자면충을 넣으라고요."

"누구에게?"

"모릅니다. 흐흑. 갑자기 나타나서는 막 고문하고, 시키는 대로 안 하면 죽인다고…… 흐흑. 그래서 어쩔 수 없이 사람들에게…… 죄송합니다. 정말 죄송합니다. 제가 잘못했습니다."

그는 엉엉 울면서 자신의 죄를 빌었다.

그리고 자신에게 시킨 자들에게 대해 자세히 설명했다.

검붉은 옷을 입었고, 무공을 익혔으며, 잔인한 놈들이라 설명했다.

"저 같은 떠돌이 의원을 십여 명이나 납치했습니다. 그리고 협박했습니다. 끝까지 거부한 의원은 잔인하게 고문한 뒤에 죽였고요."

아무래도 배후의 세력이 있는 것 같았다.

사실 철경은 더 이상 이 문제에 관여하고 싶지 않았다.

그런데 때마침 소문현 절도사가 먼저 선언했다.

"이자는 내가 끝까지 문초하여, 반드시 배후 세력을 밝혀내겠다."

당비수가 끼어들었다.

"무림 세력일 가능성이 높습니다. 무림맹에 협조 요청을 하시는 게 어떻습니까? 마침 저희 가문의 인물들이 무림맹 청해지부에 요직으로 있습니다. 큰 도움이 될 것입니다."

"그렇게 하지. 이 문제에 대해서는 나중에 따로 의논하세."

"알겠습니다."

"저희 태전문도 도움을 드리고 싶습니다."

태조인도 끼어들었다.

본인도 자면충의 피해자인지라, 배후세력을 알고 싶어했다.

소문현 절도사는 철경을 힐끔 보더니, 허락했다.

"시간이 된다면, 참고인 자격으로 도와라."

"감사합니다."

어느 정도 상황이 정리되자, 철경이 끼어들었다.

"이제 부인을 치료해도 되겠소?"

"으음."

소문현 절도사는 잠시 고민했다.

처음에는 무조건 반대했지만, 지금은 그러지 못했다. 다른 의원들도 비슷했다.

'지금까지 이야기를 종합해 보면, 분명 태조인이라는 노인도 자면충에 감염되었다. 그리고 지금은 저렇게 멀쩡히 돌아다니고 있다. 저 철경이란 자가 치료했다는 뜻이겠지.'

말하는 게 싸가지 없고, 예의도 없고, 정말 마음에 들지 않는 놈이다.

하지만 태조인이란 완벽한 증거가 있으니, 고민할 이유

가 없었다.

결국 소문현 절도사는 실리를 챙겼다, 체면보다는 부인의 치료가 중요했다.

“좋다. 치료하거라. 성공하면 큰 상을 내리겠다. 하지만 만약 실패한다면, 죽음보다 더 큰 고통을 줄 테니까, 반드시 명심하고…….”

그는 협박에 가까운 당부를 남겼다.

철경은 다 들은 후에 간단히 대꾸했다.

“알겠소.”

그리고 처음으로 절도사 부인이 있는 침상으로 다가갔다.

그의 손에는 아주 가늘고, 한 자(尺)에 가까운 침이 들려 있었다.

“정말 저걸 사용하려는 건가?”

“저 침 하나로 치료한다고?”

“어떻게 하려는 거지?”

“그런데 진맥은 안 보는 것 같은데.”

모든 의원들이 관심 있게 쳐다봤다.

특히 당비수와 상서복은 눈도 깜박이지도 않았다.

도대체 자면충이란 벌레를 어떻게 잡을 것인가?

순수하게 의원의 관점에서 너무나 궁금했다.

철경은 일반적으로 의원이 하는 행위는 하지 않았다.

진맥을 짚는다거나, 맥을 살피고, 기도를 확보하지도 않았다.

그저 유심히 쳐다봤다.

그의 눈빛이 금빛으로 빛나는가 싶더니, 별안간 장대 같은 침을 아래로 내리찍었다.

푸욱.

의원들은 깜짝 놀라 소리쳤다.

"허억."

"저, 저어, 저, 근본 없는 침술을……."

"부인은, 부인은 괜찮은가?"

그들은 부인의 상태를 살폈다.

아무렇지도 않았다.

밀쩡했고, 그사이 철경은 침을 다시 뽑았다.

동시에 부인의 안색이 서서히 붉은 빛으로 돌아오고 있었다.

철경은 장대 같은 침을 뒤에 서있는 당비수에게 주었다.

"자면충이오."

"이, 이게 자면충?"

"허어. 정말로 이런 벌레가 있단 말인가?"

당비수는 침을 받으며, 안력을 높였다.

침 끝에는 눈꼽보다 작은 벌레가 붙어 있었다. 자세히 보니 정말 침으로 벌레를 꽂은 형태였다.

당비수 옆에 있는 상서복 의원도 자면충에서 눈을 떼지

못했다.

둘 다 서책에서만 봤지, 실제로 본 건 처음이었다.

다른 의원들도 달려와서 자면충을 보려고 노력했다.

반면 절도사는 자면충 따위는 신경 쓰지 않았다.

그의 관심은 오롯이 부인이었다.

그녀에게 다가가서 괜찮은지 계속 살폈다. 그리고 부인이 눈을 뜨자, 놀라서 소리쳤다.

"오오오. 부인. 괜찮소?"

"끄응. 대감. 여기는, 여기는 어디예요?"

부인인 괜찮았고, 멀쩡했다.

절도사는 환히 웃으면서 부인을 안았다.

그리고 너그러운 미소로 철경을 찾았다.

그 후에는 대우가 달라졌다.

철경 일행은 극빈의 예우를 받으면서 온갖 찬사를 들었다.

이번 일로 절도사의 신임을 얻었으며, 원하는 게 무엇인지 먼저 물었다.

태무경은 조심스럽게 입찰에 대해 언급했다.

"하하. 입찰을 원했던가? 그래. 자네들 문파가 어디라고? 당연히 가져가게."

뿐만 아니라, 보급기지에 관한 모든 사업을 태전문에게 일임하기로 약조했다.

공수의 현령도 기분이 좋아서 싱글벙글 웃었다.

철경을 데려온 것에 대해 칭찬받았고, 관직에 대해서도 약속받았기 때문이다.

"내가 물심양면으로 도와주겠네. 나만 믿게."

그는 태전문의 일이라면, 무조건 협조하겠다고 공언했다.

철경이 이제 태전문으로 돌아가려 했다. 떠나기 전에, 당비수와 상서복이 찾아왔다.

먼저 당비수는 말했다.

당삼재가 기다리니, 하루빨리 당문에 방문해 달라고 요청했다.

그리고 상서복도 조심스레 물었다.

"언젠가 기회가 되신다면, 저희 신수의원에 와주실 수 있습니까? 그리고 치료 방법에 대해서 한 수 배우고 싶습니다."

"기회가 있다면, 찾아가겠소."

그렇게 철경 일행은 그곳을 떠났다. 그리고 가짜 의원, 공연은 반대로 감옥으로 끌려갔다.

그런데 그의 표정이 미묘했다.

어느새 울음을 그쳤고, 혼자서 웃고 있었다. 눈과 입은 즐겁다는 듯 환히 반원을 그리고 있었다.

그런데 눈빛은 달랐다. 얼음같이 싸늘했다.

"이 새끼 봐라. 왜 이렇게 기분 나쁘게 웃어?"

퍼억.

그를 포박하던 관병이 세차게 때렸다.

하지만 공연은 그러거나 말거나 신경쓰지 않았다. 똑같은 얼굴로 철경이 타고 있는 마차에서 눈을 떼지 않았다.

철경은 태전문으로 돌아왔다.

마침 무영문의 경아인이 철경을 기다리고 있었다.

"반건위의 재물로 의심되는 움직임을 찾았습니다."

철경은 눈빛이 강해졌다.

"어디 있소?"

"말씀하신 대로 약속 장소를 중심으로 반경 십 리까지 살폈습니다. 그리고 열일곱 개의 무리가 움직이는 걸 발견했는데, 그중 의심되는 곳은 열 군데, 확신하는 곳은 다섯 군데입니다."

"그 다섯 곳부터 가면 되겠군. 나머지는 계속 지켜봐 주오."

"알겠습니다."

철경은 진서를 불렀다. 그리고 태전문 사람들까지 데리고 길을 떠났다.

마교 인물들도 말없이 따라왔다.

“하아암.”

가우금은 하품을 크게 했다.

길을 떠난 지 벌써 스무날이 흘렀다.

비밀유지를 위해 낮에 쉬고, 밤에만 움직이다 보니 밤낮이 바뀐 듯하다.

그리고 계속 노숙을 하다 보니, 뼈마디가 쑤셨다.

“쯧쯧. 나도 이제 나이가 들었어. 피곤해서 이 짓도 못하겠어.”

아무래도 이번 일만 잘 마무리되면, 은퇴도 생각해 봐야 할 것 같았다.

그리고 이번 일의 마지막은 얼마 남지 않았다.

‘내기 종료까지는 사흘이나 남았다. 그리고 내일이면 목적지에 도착할거야.’

시간도 충분했고, 아직까지 어떤 사고도 없었다.

“장로님.”

그때 하오문의 문도 한 명이 가우금을 불렀다.

가우금은 마차 위에 누운 채로 대꾸했다.

“왜에?”

“봉평에서 온 물긴들이 합류했습니다. 전량 조사했고, 문제는 없었습니다.”

"그래. 수고했다고 전하고, 돈도 넉넉하게 쥐어줘."

"네."

가우금은 미소를 지었다.

아무리 생각해도 이번 운송 건은 작전을 잘 세웠다.

한 번에 많은 물건을 움직이면, 사람들의 시선을 끌게 마련이다.

그래서 물건을 작게 소분하였고, 경로를 다양하게 나누었다. 그리고 가는 길에 하나씩 모이게 만들었다.

큰 경로는 열두 개였고, 소분한 경로는 오십 개가 넘는다.

인원이 방대하고, 촘촘한 하오문이기에 가능한 방법이었다.

그는 누워서 상황을 정리했다.

"보자. 그럼 이쪽 경로의 물건들은 다 모인 건가? 휴우. 반건위 녀석 재산이 이렇게 많을 줄이야. 아무튼 다 끝나고 나면, 무조건 뜯어내야지. 이렇게 열심히 일을 했잖아. 그럼 그만큼의 보답을 받아야지."

그나저나 반건위 녀석은 어디 간 걸까?

자신의 전재산이 움직이고 있는데, 그날 이후로 보이지 않았다.

'이놈은 간이 큰 건지 멍청한 건지 모르겠다니까.'

그래도 내기 전에는 나타나겠지.

그렇게 생각할 때였다.

끼이익.

갑자기 마차가 멈추었다. 그리고 조금 전의 수하가 달려와서 소리쳤다.

"자, 장로님. 장로님!"

"또 왜?"

"사, 산적입니다. 산적이 나타났습니다."

"뭐, 뭣? 산적? 이 밤에?"

이것들은 잠도 없나? 아니, 그것보다 이 지역에는 산적이 없는 걸로 아는데.

신흥 산적인가? 그럼 내가 혼쭐을 내줘야…….

가우금은 마차에 내려, 앞쪽으로 달려갔다. 그리고 입을 나물었다.

과연 일단의 무리들이 길을 막고 있었다.

대부분 검은 옷에 복면을 쓰고 있었다.

산적인지 의심스러웠는데, 유독 한 사람이 눈에 띄었다.

다른 사람들보다 압도적으로 큰 키에, 두 사람이 서 있는 것처럼 어깨가 넓었다.

게다가 어깨에 메고 있는 커다란 검을 보니, 누군지 바로 알 수 있었다.

'철경?'

그가 왜 여기에 있지?

그리고 그 옆에는 짝다리를 짚고, 하품을 하는 여자가

있었다.

"하아암."

그녀의 이름은 모른다.

하지만 그녀가 사흑파의 사하기 문주를 죽였다는 소문은 이미 파다하게 퍼졌다.

그리고 철경이 혼자 경서도문을 도륙낸 사실도 유명한 일화였다.

정보를 중시하는 하오문의 장로답게 가우금은 보기만 해도 알 수 있었다.

그들이 누구인지.

하지만 왜 여기에, 있는지 그리고 왜 앞을 막았는지는 알지 못했다.

마침 철경이 입을 열었다.

"다시 말하지만, 우린 산적이다."

"아아, 산적이시오?"

"물건을 두고 물러나라. 목숨은 살려주겠다."

그제야 가우금은 지금 상황을 이해했다.

철경은 반건위의 돈을 뺏으려는 것이다. 내기에서 이기기 위해서.

그런데 되지 않게 저 복면은 뭐야? 저 덩치가 가린다고 가려지는 것도 아니고, 뻔히 누군지 보이는데.

가우금은 입을 열었다.

"흐음. 이러시면 곤란합니다. 내기는 정정당당히 하셔야죠. 철……."

[가우금 장로.]

철경이 가우금의 말을 끊으며, 전음을 보냈다.

가우금 장로는 깜짝 놀랐다.

내가 이름을 말했던가? 철경이 어떻게 내 이름을 알고 있지?

철경은 나직하게 다시 불렀다.

[가우금 장로. 잘 들으시오.]

[그, 그러니까…… 듣고 있소.]

[그쪽 장난 때문에 백여 명이 죽고 수백 명이 다쳤소. 그러니 정정당당이란 헛소리는 하지 마시오.]

가우금 장로는 침음을 삼켰다.

철경은 모든 걸 알고 있었다. 그리고 분위기를 보아하니, 발뺌은 어려울 것 같았다.

철경의 목소리가 계속 들렸다.

[한 번만 더 말하겠소. 물건을 두고, 수하들을 물리시오. 그럼 목숨은 살려주겠소.]

[하지만, 대협. 아시겠지만, 이건 제 물건이 아닙니다.]

[마음대로 하시오. 전부 죽이고, 가져가면 되니까.]

동시에 철경은 한 발짝 앞으로 나섰다. 그의 기운이 폭발적으로 쏟아졌다.

그리고 그 기운을 정면으로 받은 가우금은 입을 떡 벌어졌다.

"자, 잠깐만."

그러자 진서도 슬쩍 끼어들었다.

"오호. 시작하는 거야?"

그녀도 기운을 풀기 시작했다.

끔찍한 살기가 스물스물 흘러나왔다. 너무 차가워서 소름이 돋을 정도였다.

하오문은 도둑, 사기꾼, 소매치기, 기녀, 점소이 등, 무림에서 가장 힘이 약한 자들이 모여 만든 문파였다.

가장 밑바닥 신분이라 무공을 지닌 자들이 많지 않았다.

설사 있다 해도 저 두 사람에 대응할 정도는 아니었다.

그 증거로 하오문 사람들은 덜덜덜 떨고 있었다.

나름 악과 깡으로 무장했지만, 압도적인 무력 앞에서는 어쩔 수 없었다.

그래도 가우금이 망설였다.

그러자 철경이 움직였다.

순식간에 검을 뽑았고, 눈앞의 사내들을 향해 검을 휘둘렀다.

부우우웅.

일말의 망설임도 없었다. 간을 보거나 협상하려는 의도 역시 보이지 않았다.

그가 말한 대로, 말이 안 통하면, 그냥 깔끔하게 죽여 버릴 심상이었다.

가우금도 다급하게 소리 질렀다.

"가, 가겠소!!!"

그러자 거짓말처럼 철경의 검이 멈추었다.

짓눌려 죽이겠다는 듯 벼락같이 떨어지던 검이 우뚝 서 버린 것이다.

"으으으."

털썩.

눈앞에서 거대한 검을 맞을 뻔한 남자는 그대로 주저앉았다.

불과 한 뼘 거리에서 검이 멈추었으니, 얼마나 놀랐을까?

그의 아랫도리가 축축해졌지만, 다른 사람들은 모른 척 해주었다.

가우금도 그 남자만큼이나 놀랐다.

무공은 출수보다 회수가 훨씬 어려운 법이다. 기가 역행하여 주화입마에 걸릴 수 있으니까.

특히 저렇게 무거운 중병기를 운영할 때는, 자칫 근육도 뒤틀릴 수 있었다.

그런데 철경은 그걸 아무렇지도 않게 해냈다.

마치 처음부터 멈출 거라고 약속이라도 한 것처럼.

공수가 자유롭다는 뜻은 그의 무공이 화경을 눈앞에 두고 있다는 것과 비슷했다.

'철경의 무공은 소문에 부풀려졌다고 생각했었다. 지금 보니 아니구나. 오히려 소문이 축소된 경향이 있어.'

게다가 방금 전 행동으로 알 수 있었다.

철경은 단순히 겁만 주는 사람이 아니었다.

정말 다 죽여서라도, 본인이 원하는 걸 얻는 남자였다.

이런 사람 앞에서는 말 한마디도 조심해야 한다.

가우금은 한숨을 쉬면서, 손을 들었다.

"휴우. 좋소. 내가 졌소. 얌전히 물러가겠으니, 목숨은 살려주시오."

철경은 검을 거두었고, 진서는 아쉬운 듯 입맛을 다셨다.

"에이. 재미없게."

철경은 가우금에게 전음을 보냈다.

[당신만 남고, 나머지 인원들을 최소 이십 리 밖으로 보내시오.]

[나는 왜 남아야 하오?]

[내 말대로 하시오. 하오문의 피를 보기 싫으면.]

가우금은 찜찜한 기분으로 시키는대로 움직였다.

문도들을 모두 멀리 보냈다.

그들이 빠지자, 태전문과 무영문 사람들이 짐을 챙기기 시작했다.

그러는 사이, 철경은 가우금 장로에게 다가갔다.

"반 시진 후에 출발하겠소. 따라오시오."

"도대체 어디로 데려가겠단 말이오? 알고나 갑시다."

"반 시진 후에 알려주겠소."

철경은 딱딱하게 말하고는, 직접 짐을 날랐다.

그렇게 빨리 장내를 정리하고, 최소한의 인원으로 마차를 출발시켰다.

철경을 비롯하여 수십 명츨 따로 움직였다.

물론 가우금 장로도 함께였다.

약 반 시진 정도 달렸고, 철경 일행이 도착한 곳은 강변이었다.

처음에 가우금은 얼떨떨했다.

'여긴 어디야? 왜 온 거지?'

그런데 철경은 아무런 설명도 없었고, 말없이 강의 상류를 바라봤다.

다른 사람들도 마찬가지였다.

그리고 일식경 후, 커다란 배 두 대가 강을 따라 내려왔다.

그것을 보자, 가우금은 낯빛이 변했다.

그제야 이곳이 어디인지, 철경이 부얼 하려는지 눈치챘다.

그는 침울한 얼굴로 물었다.

"저건, 우리 하오문의 배 아니오?"

철경은 고개를 끄덕였다.

"설마 저것도 뺏으려는 거요?"

"가우금 장로가 먼저 배에 오르시오. 그리고 똑같이 하오문 사람들을 멀리 보내면 되오."

"끄응."

가우금은 말은 하지 못했지만, 속이 들끓었다.

도대체 나를 어떻게 보는 거야? 그냥 눈 감고, 미친 척 대들어봐?

"우리는 하오문이오. 힘이 없어 보이지만, 대륙 곳곳에 존재하는 것이 우리들이오? 꼭 이렇게까지 우릴 밟아야겠소? 후환이 두렵지 않으시오?"

그러자 철경은 딱 한마디 했다.

"우리가 사흑파와 어떤 심정으로 싸웠을 것 같소?"

"……."

가우금은 아무 말도 하지 못했다.

사실 가우금도 사흑파까지 움직일 줄은 몰랐었으니까.

그리고 사흑파가 악독하게 사람들을 죽이고, 보물에 집착할 줄도 몰랐다.

결과적으로 예상보다 많은 사람들이 죽은 셈이다.

물론 반건위가 시켜서 한 일이었다. 하지만 이유야 어찌 되든 자신이 정보를 흘렸으니, 하오문도 책임이 있었다.

그리고 만약, 철경이 독하게 마음먹고 이런 사실들을 무림에 퍼뜨린다면?

하오문에 관한 인식이 상당히 나빠질 것이다.

여러모로 이쪽이 불리했다.

결국 가우금이 손을 들었다.

'반건위. 미안하네.'

속으로 친구에게 사과한 뒤, 철경에게 말했다.

"좋소. 기다려 주시오."

가우금은 강변에서 뛰어 배 위로 올라갔다.

그는 장로이자, 이번 운송 건에 책임자였다. 그가 나서자 하오문 문도들은 어리둥절하면서 그의 말을 따랐다.

모두 배에서 내려 멀리 달아났다.

그러자 역시 태전문과 무영문 무사들이 배에 탔다.

똑같이 일부분이 배를 몰았고, 다른 사람들은 배에서 내려 별도로 움직였다.

철경은 가우금을 불렀다.

"갑시다."

"또 어디로?"

"앞으로 세 곳만 더 돌 생각이오."

"허억."

그날 밤, 가우금은 철경에게 끌려 다녔다.

하오문의 문도들을 살리기 위해, 그들을 멀리 보내는 일을 했다.

그리고 철경은 반건위의 재산 중 약 삼할을 뺏었다.

그러는 사이 약속된 날짜가 다가왔다.

"드디어 오늘인가?"

반건위는 하늘을 보면서 중얼거렸다.

어두워지기 직전, 노을이 지는 시간이었다.

그는 내기의 시발점이 된 도박장으로 달려가고 있었다.

이렇게 오랜 시간 준비한 내기는 정말 간만이다. 그만큼 재미있었고, 흥분되었다.

물론 내기에서 이겼을 때, 더 큰 쾌감을 느끼겠지.

반건위가 살아가는 이유였다.

'그리고 이번 내기도 확실히 내가 이겼다. 후후후.'

그들이 도와준다고 약속했으니, 이긴 거나 진배없다.

그런 자신감으로 도박장 근처에 도착했다.

도박장 건물 뒤로 굉장히 넓은 공터가 있었다.

본래 풀숲인데, 지금은 다 잘라내고 크고 작은 짐과 상자들로 가득 채워져 있었다.

정확히 말해, 가운데는 비워두고, 양쪽 끝에 짐들이 산처럼 쌓여 있었다.

반건위는 그곳에 도착해서 자세히 둘러보았다.

한쪽에 가우금 장로와 하오문 무리들, 그리고 도박장의 주인 홍수록과 반건위의 제자 유이삼이 보였다.

반대쪽에는 철경을 비롯하여 수십 명이 있었다.

반건위를 제일 먼저 발견한 사람은 홍수록 장주였다. 오히려 그가 긴장한 얼굴로 반건위를 맞이했다.

"오, 오셨습니까?"

"조금 늦었네. 그런데 도박장이 너무 조용한데. 오늘 장사 안하나?"

"네에? 아아, 모르셨군요. 도박장은 한 달 전에 팔렸습니다."

"팔았어?"

"네. 낯선 놈이 찾아와서 큰돈을 제시하더군요. 마침 저도 지겨웠던 터라 그냥 팔아버렸습니다. 그런데 이상한 놈이에요. 그렇게 큰돈을 주고 샀으면, 장사를 해야지, 운영을 안 해요. 그냥 한 달째 방치하고 있습니다."

"그래?"

반건위도 이상해서 도박장 쪽을 바라보았다. 그때, 자신의 제자 유아인이 다가왔다.

그런데 그의 표정이 굉장히 어두웠다.

"오셨습니까? 스승님."

"그런데 넌 표정이 왜 그러냐?"

"그게, 소문을 들었습니다. 태전문에서 보물을 옮기다 많은 사람이 죽었다고요. 설마…… 이렇게 일이 커질지 몰랐습니다."

그는 반건위가 보물의 소문을 흘렸다는 걸 모르고 있었다.

반건위는 그의 어깨를 두드리며 위로했다.

"허허. 너는 신경 쓰지 말거라. 모두 내가 저지른 일이고, 내 업이다. 내가 책임 질테니, 너는 걱정하지 마."

"하지만 제가 원인이 되어서……."

"그렇게 하나씩 따지면, 무림에서 살아갈 수 없다. 지난 일은 잊어버려라."

"알겠습니다."

가우금 장로가 다가왔다.

"야 이놈아. 왜 이제야 나타난 거냐?"

"당연히 돈을 모으다 늦었지."

"휴우. 다 소용없다. 네가 이기기 힘들 거야."

"무슨 말이야?"

"저놈들이 네 돈을 약탈했어."

"내 돈을 약탈해?"

"끄응. 미안하게 됐다."

그러면서 철경에게 겪은 일을 다 말해주었다.

"푸하하하."

반건위는 크게 웃었다. 너무 뜬금없었고, 가우금은 놀라서 물었다.

“야, 너 미친 거냐? 내 말을 제대로 이해했어? 네 돈을 빼앗겼다니까.”

“그래. 알아들었다.”

반건위는 건너편에 있는 철경을 바라보았다.

“그나저나, 저놈도 난놈이야. 설마 그런 짓까지 할 줄은 몰랐거든.”

“그래. 독한 놈이지. 말 안 들으면 정말로 우리들을 다 죽이려고 했다니까. 그나저나 이제 어쩔 거냐?”

“뭘 어째?”

“너도 우겨봐야지. 그건 내 거다. 상대방 재물을 뺏어가는 건 반칙이다. 그런 걸로 네 돈을 찾아와야지.”

반건위는 고개를 저었다.

“아니, 먼저 반칙을 한 건 나였다. 그리고 애초에 내기를 할 때, 그런 규칙은 정하지 않았어.”

“그럼? 이대로 질 생각이냐?”

“흥, 누가 진다고 그래?”

반건위는 묘한 미소를 지었다. 그러면서 물었다.

“친구야. 내가 내기에서 지는 것 봤어?”

“뭐, 본적은 없지만, 그래서 이제 어쩌려고? 딱 봐도 저쪽하고 재물 차이가 있어 보이는데.”

쌓아놓은 재물의 부피 차이는 거의 두 배 정도였다.

반건위는 하늘을 보면서 대꾸했다.

"걱정 마라. 아직 시간이 남았으니."

내기가 끝나는 시간은 정확히 해(亥)시였다.

아직 두 시진이나 남은 터였다.

이상하게 반건위는 여유가 있었고, 가우금은 남은 한 수가 있을 거라 생각했다.

반건위는 항상 그렇게 내기에서 이겨왔으니까.

"기다려라. 인사하고 올 테니까."

반건위는 천천히 가운데 공터로 걸어갔다. 그러자 반대쪽에서도 철경이 걸어 나왔다.

두 사람은 삼장을 두고 마주섰다.

반건위가 먼저 물었다.

"하하. 잘 지냈나?"

"바빴소."

"그렇지. 나도 엄청 바빴다. 그래서 더 재미있었어. 자네는 어떤가? 재미있지 않았나?"

"별로."

"아쉽군. 자네도 나처럼 즐기길 바랐는데."

그러더니 반건위가 갑자기 고개를 숙였다.

그리고 정중히 사과했다.

"흠흠. 사흑파 일은 미안했네. 이기고 싶은 생각에 잔꾀를 굴렸는데, 설마 그렇게 많은 사상자가 생길 줄은 몰랐어. 모두 내 잘못이고, 내 책임이네."

"나도 후회했소."

철경도 잠깐 그일을 후회했었다.

하지만 이미 벌어진 일이다.

철경도 물건을 뺏어 복수했고, 더 이상 그 일에 대해 언급하지 않았다.

대신 반건위는 다른 것을 물었다.

"모두 금이나 돈으로 바꿔오진 않았을 테고, 물건도 있을 거야. 그렇지?"

철경은 고개를 끄덕였다.

"그럼 재물의 값어치는 어떻게 측정할 생각인가?"

"……."

"괜찮으면 내가 전문가를 불렀는데, 그들에게 부탁해도 될까? 아, 일은 공정하게 처리하는 친구들이니까, 믿어도 될 거야."

"알겠소. 그렇게 합시다."

철경은 무뚝뚝하게 대답했다.

워낙 표정이 없어, 무슨 생각하는지 알 수 없었다.

그를 지켜보던, 반건위가 다시 입을 물었다.

"아직 해시까지는 시간이 남았는데, 어때? 술이나 한잔 할까?"

"거절하오."

"그래? 그럼 어쩔 수 없지. 혼자 마셔야지."

둘은 그렇게 자신의 자리로 돌아갔다.

철경이 돌아오자, 진서가 물었다.

"저 내기 귀신이 뭐래?"

"반갑다더군."

"그런데 저 새끼는 왜 여유가 넘치지? 우리가 저놈 재물을 제법 뺏은 것 같은데."

철경은 대답하지 않았다. 하지만 진서의 생각과 비슷했다.

반건위는 여유가 넘쳤다.

마치 내기에서 이긴 승자처럼 행동했다.

본인을 제외하면, 모두가 이상하게 생각하고 있었다.

시간은 점점 흘렀고 해시까지 반시진이 남은 시점이었다.

산속이라 상당히 어두워졌다. 하지만 주변에 화롯불을 여기저기 갖다 놓았다.

덕분에 대낮처럼 밝아졌다.

그때 이상한 일이 벌어졌다.

갑자기 한쪽 숲속에서 불빛이 생겨났다.

수십 개의 불빛이 줄을 지어서 이쪽으로 다가오고 있었다.

행렬은 계속 이어졌고, 불빛은 어느새 백여 개로 늘어났다.

반건위는 미소를 지으며 소리쳤다.

"드디어 왔구나."

불빛이 다가오자 정체를 알 수 있었다.

모두 옅은 감색의 옷을 입고, 커다란 짐을 하나씩 메고 있었다.

그리고 반건위의 진영에 차곡차곡 내려놓았다.

이렇게 많은 사람들이 갑자기 어디서 나타났을까?

가우금을 포함해서 아무도 몰랐다.

반건위를 제외하고는 모두 어리둥절한 표정으로 바라보았다.

줄은 끝도 없이 이어졌다. 거의 반 시진 가까이 옮겼다.

그렇게 쌓은 양은 굉장히 많아서, 반건위의 재물이 다섯 배 이상 불어났다.

높이도 상당하여, 옆에 있는 도박장 건물과 비견될 정도였다.

정확히 말하면 도박장은 오 층 높이였는데, 대략 삼 층까지 쌓여 있었다.

반면 철경의 재물은 이층 높이에 불과했다.

그리고 세 사람이 반건위 쪽으로 걸어왔다.

그들은 짙은 감색의 옷을 입었고, 가슴에는 둥근 달 모양의 표식이 새겨져 있었다.

가우금은 한눈에 표식을 알아봤고, 상당히 놀라했다.

그는 반건위에게 전음을 보냈다.

[허어. 저들이 이번 내기에 참여한 건가? 어떻게 설득한 거야?]

[아주 잘 설득했지.]

[그래. 잘난 척할 만해. 외모를 보니, 하씨 세가 둘째 공자가 직접 나타난 거로군.]

가우금이 언급한 남자는 눈에 띄게 잘생긴 미남이었다.

나이는 삼십 대 중반, 콧대가 높고, 눈이 컸다. 피부는 여성보다 깨끗했고, 이마부터 턱까지 내려오는 얼굴의 비율이 좋았다.

반건위는 그 남자를 맞이했다.

"드디어 왔군. 기다리다가 목 빠지는 줄 알았네."

"약속 시간에 맞추어 온 거요."

"그래. 잘했어. 그나저나 자네 얼굴은 밤에도 빛이 나는군."

"실없는 소리 마시오. 그것보다 약속대로 금을 가져왔으니, 확인해 보시오."

반건위는 손사레를 치며 대꾸했다.

"됐네. 자네 성격에 잘 챙겨왔겠지. 그나저나 아버님은 다른 말씀 없으셨나?"

"이렇게 말씀하셨소. 이것으로 빚은 다 갚았다. 그리고 이왕 빌려간 김에 꼭 이겨라."

"허허허. 당연히 이겨야지. 그래서 이자를 이 할 말고 삼 할로 내야지."

반건위는 이들에게서 돈을 빌렸고, 그 댓가로 이 할 이자를 약속했다. 그리고 만약 내기에서 이기면 삼 할 이자를 내기로 했었다.

"참, 저쪽도 소개시켜 주지. 따라오게."

반건위는 남자를 데리고, 철경이 있는 쪽으로 걸어갔다.

그리고 철경에게 소리쳤다.

"이제 곧 약속 시간인 해시가 되네."

철경은 혼자 공터로 걸어나왔다.

반건위가 물었다.

"후후. 방금 내 비장의 패가 도착했네. 봤나?"

"잘 봤소."

"그쪽은? 남은 패가 없나? 더 도착할 물건 없어?"

"없소."

"으음. 그럼 조금 아쉽군."

실제로 그는 아쉬워했다. 마치 너무 쉽게 이겨서 심심하다는 얼굴이었다.

"그나저나 이쪽을 소개시켜 주지. 여긴 구도상단의 제일 미남, 아니지. 얼굴로만 따시반 대륙 제일 미남쯤 되려나."

"됐소. 내가 직접 소개하지. 반갑소. 나는 구도상단, 하씨 세가의 하양유라 하오."

구도 상단?

철경의 표정이 딱딱하게 굳어졌다.

세 번째 복수 상대인 구도 상단을 이런 식으로 만나게 될 줄은 몰랐다.

'어쨌든…… 반갑군.'

연을 억지로 만들 생각은 없었는데, 이런 식으로 이어지는 것도 좋을 것 같았다.

철경이 물었다.

"이쪽이 검수를 해줄 사람이오?"

"맞네. 구도 상단이라면 믿을 수 있지 않겠나? 특히 하씨 세가는 냉정하고 공사 구분하기로 유명하지."

그러자 하양유가 눈살을 찌푸리며 물었다.

"우리 보고 검수를 해달라니요? 처음 듣는 말입니다."

"지금 들었잖는가? 한 번만 해주시게. 자네도 궁금하지 않나? 이 세기의 내기 결과가 어떻게 될지? 승자가 누구고, 과연 돈을 얼마나 모았을지?"

사실 하양유도 궁금했었다.

그래서 바쁜 와중에도 직접 찾아왔으니까.

하양유가 말했다.

"좋습니다. 대신 조건이 있습니다. 공짜로 일을 하긴 싫으니, 약조를 하나 해주십시오. 크든 작든 승자는 저희 구도 상단에 투자를 해주는 걸로."

"허허허허. 역시 상인 집안은 다르군. 알겠네. 나는 그렇게 하지. 아, 자네도 괜찮지?"

철경에게 묻는 말이었다.

물론 철경도 좋았다. 이번 내기가 끝나도, 자연스럽게 만날 수 있으니까.

고맙다고 절을 할 정도였다.

하지만 대답은 미루었다.

쉽게 승낙할 이유가 없다.

"처음부터 크게 투자할 생각은 없소."

"그렇죠. 처음에는 작게 시작하는 것도 좋은 법이오."

"그렇다면 좋소."

"좋아. 그럼 심판도 정해졌고, 해시도 되었네. 이제 개시를 해볼까?"

"그럽시다."

철경은 순순히 대답했다. 반건위는 자신있게 물었다.

"그럼 그쪽부터 하겠나? 나부터 할까?"

"먼저 하시오."

"좋아. 그렇게 하지."

반건위는 자신 있게 하양유에게 물었다.

"검수는 나중에 하는 걸로 하고, 일단 자네가 얼마를 가져왔는지 얘기해 줄 수 있겠나?"

"칠백만 냥이오. 주로 금과 보석을 주로 가져왔소."

그는 가볍게 얘기했다.

하지만 내용은 결코 가볍지 않았다.

칠백만 냥이라니.

철경 쪽 사람들의 표정이 잔뜩 굳어졌다.

사실 철경 측 사람들은 재물의 값어치를 벌써 산출했었다. 반건위에게 뺏은 것과 추신검문 만무당의 보물.

마지막으로 입찰을 따냈다는 공문으로 주변 거부들에게 돈을 빌린 것까지 합했다.

그 모든 금액을 합하니 팔백구십만 냥이었다.

정말 일천만 냥에 가까울 정도로 큰 금액이었다.

그리고 반건위의 재물을 보고, 이겼다고 확신했었는데.

구도 상단에서 칠백만 냥을 가져오고, 본래 반건위가 가지고 있던 재물까지 합하면…….

일천만 냥을 훌쩍 넘길 가능성이 높았다.

'질 것 같다.'

눈치가 빠른 반건위는 철경 쪽 사람들의 표정을 읽고 있었다.

비록 철경은 무심함을 유지했지만, 대부분의 표정이 좋지 않았다.

그때 자신이 이겼다는 걸 확신했다.

반건위는 자신만만하게 물었다.

"어떤가? 딱 봐도 결정이 난 것 같은데."

"그런 것 같소."

철경은 고개를 끄덕였다.

반건위는 살짝 의아했다.

너무 쉽게 납득하잖아?

그러니 살짝 불안감이 느껴졌다.

괜히 큰소리치는 걸까? 아니면 숨은 패가 더 있나?

아니면 억지?

반건위가 다시 물었다.

"그럼 내기는 내가 이겼다고 인정하는 건가?"

그러자 철경은 오히려 반문했다.

"무슨 말을 하는 거요?"

"으응? 그럼 자네는 무슨 뜻이었나?"

"나는 내가 이겼다고 말하는 거요."

반건위는 기가 차서 물었다.

"자네는 셈을 할 줄 모르나? 아니지. 계산을 정확히 안 해서 그런가? 좋아. 내가 친절히 알려주지."

"……."

"내가 가진 재물은 정확히 육백칠십만 냥이네. 자네가 뺏은 것이 대략 이백만 냥쯤 될테니, 그걸 제하고 사백칠십만 냥, 그러니 칠백반냥을 더해서, 내가 모은 총 재물은 일천이백만 냥이 넘어간다는 뜻이야."

"그렇소?"

"그래. 그리고 자네가 가진 건 아무리 봐도 일천만 냥은 안 되는 것 같은데."

철경이 의아한 듯 물었다.

"어딜 보고, 말하는 거요?"

"뭐?"

"내 재물의 대부분은 저쪽에 있소."

철경은 도박장이 있는 건물을 가리켰다.

그 말에 모두가 깜짝 놀랐다.

반건위는 물론, 태전문 사람들도 놀라서 도박장을 바라봤다.

반건위가 굳은 얼굴로 물었다.

"무슨 뜻인지, 자세히 알려주면 좋겠군. 저기에는 아무것도 없는데."

"밖이 아니라, 건물 안에 있소."

그 말에 반건위는 머리를 빠르게 굴렸다.

도박장이 한 달 전에 팔렸다고 했다. 그럼 그걸 산 사람이 철경이란 뜻인가?

반건위는 급히 도박장 건물로 달려갔다.

다른 사람들도 마찬가지였다. 거의 모든 사람들이 달려갔다.

철컥.

끼이이익.

반건위는 도박장의 입구를 막고 있는 자물쇠를 끊었다. 그리고 문을 열렸다.

안쪽은 어두워서 보이지 않았다.

입구는 먼지로 가득 차 있고, 곳곳에 거미줄도 보였다.

한눈에 오랜 시간 방치된 것처럼 보였다.

하지만 반건위의 표정은 더욱 굳어졌다.

바닥에는 흔적이 있었다.

아주 큰 물건을 끈 흔적도 보이고, 많은 사람이 오간 흔적도 있었다.

최소 열흘 전인 걸 알 수 있었다.

"불을 가져오시오."

반건위의 말에 사람들은 횃불을 가져왔다. 그리고 도박장 안을 비추었다.

"우와아아."

모두가 감탄했다.

도박장의 건물 안에는 상자들로 가득 차 있었다.

도박장은 오 층 짜리 건물인데, 안쪽을 전부 부순 상태였다.

오 층까지 바닥을 전부 뚫어서 커다란 탑처럼 만들어놓았다. 그리고 상사들을 산처럼 쌓아두었다.

그 꼭대기는 오 층에 닿아 있었다.

"이, 이건……."

철경은 앞으로 걸어갔다. 상자 중 하나를 열었다.

노란 빛이 환하게 퍼졌다.

상자 안은 금으로 가득 차 있었다.

철경이 말했다.

"여기 있는 상자에는 모두 금이 들어 있소. 전부 일천이백만 냥이고, 밖에 있는 물건과 합하면, 이천일백만냥 정도 될 거요."

"이, 이천 백만 냥?"

반건위의 입이 딱 벌어졌다.

주위의 모든 사람들도 깜짝 놀랐다. 심지어 구도상단의 사람들도 혀를 내둘렀다.

이천 백만 냥이라니.

평생 만질 수도 없을 정도로 큰 금액이다.

그런데 그걸 백 일 안에 구했다는 게 더 놀라웠다. 모두 일천만 냥을 구하기도 힘들 거라 생각했는데.

철경은 보란 듯이 일천만 냥의 두 배인 이천만 냥을 구해온 것이다.

반건위는 변명조차 할 수 없다.

철경에게 뺏긴 재물을 찾아와도 한참 부족했다.

"의심되면, 세어봐도 좋소."

철경은 하양유에게 말했다.

하지만 하양유는 고갤 저었다.

보지 않아도 알 수 있었다. 이 정도 규모의 금이라면, 일천만 냥이 훨씬 넘어간다.

다만 의문이 생겼다.

'이렇게 많은 양의 금을, 어떻게 구했을까?'

무림 삼대 거부라는 구도상단도 일천만 냥을 모으기 쉽지 않았다.

숨겨놓은 비자금까지 꺼내어 겨우 맞출 수 있었다.

그런데 이천 만 냥을 이렇게 구했다니.

과연 누구에게 빌린 걸까?

모은 방법이 궁금해졌다.

'일단 결론부터 지어야지.'

하양유는 반건위를 바라봤다. 굳이 계산해야될지 물어보는 눈빛이었다.

철경도 반건위에게 물었다.

"내기는 내가 이겼소. 인정하시오?"

"저 돈을, 어떻게 구했는지 말해줄 수 있나?"

"안 되오."

"허허허허."

반건위는 허탈한 듯 웃었다.

그리고 중얼거렸다.

"허허. 그래. 내가 졌네. 이번 내기는 내가 졌어."

드디어 인정을 했다. 하지만 말투가 미묘했다.

이번 내기는 내가 졌다니?

다른 내기도 있다는 뜻인가?

다른 사람들이 의아할 때, 반건위는 눈에 빛을 내며 소리쳤다.

"내기에 졌으니, 대가를 치르겠네. 뭘 원하나? 내 돈을 다 줄까? 아니면 내 팔을 원하나? 무엇이든 다 주겠네."

반건위는 진심이었다.

무엇이든 감당할 각오를 했다. 그러면서 한 가지를 부탁했다.

"그리고 나서 나랑 한 번 더 내기를 하세. 이렇게 깔끔하게 진 게 얼마만인지 몰라. 원하면 무릎이라도 꿇지. 제발 한 번만 더, 나랑 내기를 해 주겠나?"

정말 얼굴이 두꺼운 사람이었다.

모든 세상 기준이 내기였고, 내기를 위해서는 목숨을 바칠 수 있다는 걸 실감할 수 있었다.

그런데 놀라운 건 철경의 대답이었다.

"그럽시다."

너무나도 쉽게 승낙한 것이다. 또 다른 내기를.

철경은 반건위와 반대의 성격을 지녔다. 내기를 즐기지도 않고, 좋아하지 않았다.

그런데 왜 다른 내기를 승낙할까?

철경 쪽에 있는 사람들은 모두 의아했다.

그러거나 말거나 반건위는 뛸 듯이 기뻐했다.

"정말인가? 정말 내기를 하자는 거지?"

"단 조건이 있소."

"뭐든 말하게."

철경은 반건위와 반대로 담담히 대꾸했다.

"먼저, 난 당신의 돈을 원하지 않소. 그리고 그쪽 팔도 관심 없소. 나는 내기를 이긴 조건으로 당신의 시간을 사고 싶소."

시간?

모두가 의문이 느껴지는 단어였다.

"당신에게 한 가지 일을 시킬 텐데, 시간이 걸리는 일이오. 그걸 잘 해낸다면, 당신과 내기를 한 번 더 해 주겠소."

"푸하하. 그러니까, 내가 일을 잘 못하면, 내기는 없다. 이 말인가?"

"그렇소."

"으음. 좋네. 한 번 더 내기를 할 수 있다면, 무엇이든 받아들이지. 무슨 일인가? 내게 시킬 일이?"

철경은 주위를 둘러보면서 말했다.

"여기서는 말하기 곤란하오. 정리부터 합시다. 돌려보낼 사람은 돌려보내고, 처리할 건 처리하고."

"아, 좋아. 그렇게 하세."

이렇게 철경과 반건위의 첫 번째 내기는 마무리되었다.

두 사람은 먼저 각자 빌린 돈을 갚았다.

반건위는 하양유에게 원금을 더해, 자신의 돈 이 할을 계산하여 주었다.

하양유는 그걸로 만족했고, 수하들을 부려서 다시 상자를 옮겼다.

옮기는 사이, 하양유는 철경을 찾아갔다.

"매우 흥미로운 내기였소. 혹시 어디에서 돈을 빌려줬는지 알려줄 수 있소?"

"안 되오."

"아쉽군. 우리보다 돈이 많은 곳이 있는지, 궁금했는데."

하양유는 미련을 두지 않았다.

어깨를 으쓱이며 돌아섰다. 그때 철경의 목소리가 들렸다.

"난 공짜를 싫어하오."

하양유는 우뚝 걸음을 멈추었다.

그는 철경의 의도를 눈치 채고, 뒤돌아보며 물었다.

"그러니까…… 돈을 주면 가르쳐 줄 수 있다는 말이오?"

"돈에는 관심 없소."

"그럼 필요한 걸 말해주시오."

"듣자 하니, 감숙성에서 장사를 하려면 구도상단의 허락이 있어야 한다던데."

"그러니까…… 장사를 하려는 거요? 무림인인 줄 알았는데?"

철경은 하양유를 보면서 대답했다.

"무림인은 장사를 하면 안 되오?"

"후후. 내가 말실수를 했군. 맞소. 세상에 그런 법은 없지."

하양유는 잠시 생각하더니, 고개를 끄덕였다.

"어찌 되든 만약 감숙성으로 오게 되면, 우리 구도상단 하씨 세가를 방문해주시오. 그때, 자세한 얘기를 해봅시다. 그리고 그때, 귀하가 어디에서 돈을 빌렸는지 들었으면 좋겠군."

"조건이 맞으면, 들을 수 있을 거요."

하양유는 고개를 끄덕이더니, 빠르게 물러났다.

철경은 묘한 눈빛으로 하양유를 바라보았다.

사실 장사 따위는 관심 없었다.

두 번째 복수를 위해 그에게 끈을 연결했다. 그리고 때가 되면 그 끈을 잡고 구도상단에 다가갈 것이다.

이어서 마교의 인물들이 다가왔다.

만장수가 말했다.

“여기 있는 금은 저희가 다 회수하겠습니다. 그리고 대협께서 교주님과의 약속을 지킬 때, 그때 다시 금을 드리도록 하겠습니다.”

“그러시오.”

“이대로 떠나시면 됩니다. 제가 남아서 정리할 테니까요. 그동안 수선화가 철경 대협을 계속 따라다닐 겁니다.”

그때 수선화가 만장수의 뒤에게 전음을 보냈다.

[영감, 정말 내가 여길 정리하고 싶어. 나 정말 저 언니 무섭단 말이야.]

그녀는 진서의 눈치를 보면서 말했다.

만장수는 귀찮은 듯 손을 흔들었다.

[시끄럽다. 안 된다고 했잖아.]

[야. 만장수. 정말 이러기야.]

[어린 년아. 까불지 말고, 때를 기다려. 귀후가 언제까지 철경 옆에 붙어 있진 않을 테니까.]

[끄응.]

[철경도 남자다. 그때 네 특기를 발휘해.]

수선화는 계속 고집을 피울 수 없었다. 이미 교주에게 명을 받았고, 각자 할 일이 있었다.

만장수가 반대하는 한, 함부로 바꿀 수 없었다.

“끄응.”

수선화는 한숨을 쉬며, 자신의 얼굴을 어루만졌다.

진서에게 맞은 곳이 아직도 아팠다.

태전문과 무영문은 철경의 남은 돈을 옮겼고, 하오문은 반건의의 재물을 옮겼다.

그사이 철경과 반건위는 조용한 곳에서 얘기를 나누었다.

"자아, 이제 말해보게. 나에게 원하는 게 뭔가? 내 시간을 사고 싶다는 건 무슨 말이야?"

"태전문에서 오 년만 머물러 주시오."

"태전문?"

생각지도 못한 부탁이었다.

철경은 진지하게 말했다.

"나는 반년 뒤, 다른 일 때문에 태전문을 떠날 거요. 그런데 그동안 태전문에 많은 일이 발생했고, 필요 이상의 관심을 받고 있소."

추신검문의 보물로 인해 여러 문파에서 쳐다보고 있다.

그리고 보급진지의 입찰 건으로 온갖 상단과 토호 세력, 다른 지역 세력까지 관심을 보였다.

"호오. 그러니까 자네가 없는 사이, 태전문을 지켜달라는 뜻이군."

"그렇소."

"으음. 태전문에는 자네 말고도 괴물이 몇 명 보이던데, 삼대룡이었나? 그들은?"

"모두 떠날 사람들이오."

반건위는 잠시 생각하더니 다시 물었다.

"그런데 왜 오 년인가? 오 년 후에는 태전문이 괜찮을까?"

"그때 쯤이면 세간의 관심이 줄어들 테니까. 그리고 그때는 새로운 고수들이 나타날 거요."

태천화와 태천부. 허종.

오 년 후에는 충분히 제 몫을 할 수 있는 사람들이다. 그리고 그 안에 태전문이 자리를 잡길 바랐다.

철경이 다시 말했다.

"그리고 당신이 태전문이 오 년 후에 자리를 잡고, 오롯이 혼자 설 수 있게 도와줘야 하오."

"그럼 우리 내기는?"

"오 년 후, 태전문의 상태를 보고 결정하겠소."

한마디로 반건위가 펑펑 놀면서 태전문을 방치한다면, 내기는 없다는 뜻이었다.

"그럼 판단의 기준이…… 너무 주관적인데."

"그렇소."

"자네에게 너무 유리하잖아. 나한테는 불리하고."

"내기에서 이기지 그랬소?"

"크크큭."

반건위는 피식 웃었다.

"그렇지. 졌으면 두말없이 해야지."

"맞소. 팔 하나 잘리는 것보다 낫지."

반건위는 인정할 수밖에 없었다.

다음 날 철경은 태전문 사람들을 한 자리에 모았다. 그리고 반건위를 정식으로 소개했다.

"앞으로 오 년간, 태전문을 도와줄 겁니다."

사람들은 놀라서 쳐다봤고, 반건위는 간단히 인사했다.

"허허허. 앞으로 잘 부탁합니다."

그는 태전문의 총관을 하고 싶다고 말했다.

태무경이 손을 들며 물었다.

"저어, 제가 총관 직을 하고 있는데요."

"알고 있네. 그럼 내가 일총관을 하고 자네가 이총관을 하지."

"네에?"

"그리고 태전문의 문주님께 한 가지 묻고 싶은 것이 있습니다."

"말씀하십시오."

태조인도 나이가 많은 편이지만, 반건위가 나이가 더 많았다.

무림의 선배기도 했고, 명성도 그가 훨씬 높았다.

태조인도 예의 있게 대답했다.

반건위가 물었다.

"꼭 문파를 하고 싶습니까? 꼭 문파여야 하는 이유가 있을까요?"

"네에?"

"지난밤, 정말 고민을 많이 했습니다. 태전문을 키우기 위해, 오 년 후에도 자생하기 위해 어떤 방법이 좋을까? 그러다가 발견했죠. 지금 태전문에는 아주 큰 문제점이 있습니다."

그의 말에 사람들은 관심을 보였다.

태조인은 대답했다.

"말씀해 주십시오. 경청하겠습니다."

"현재 태전문은, 문주의 무공이 너무 약합니다."

"아아. 그건……."

태조인의 얼굴이 살짝 붉어졌다.

그도 인지하고 있던 부분이었다. 문주를 맡고 있지만, 식객들의 무공이 훨씬 강했다.

부끄럽지만, 내외부적으로 모든 사람들이 인지하고 있는 부분이다.

태조인은 그 사실을 겸허히 받아들였다.

"맞습니다. 현재 태전문의 명성에 비해, 저의 무공은 턱없이 부족합니다."

반건위는 태조인을 비난하거나, 무시하지 않았다.

담담히 사실만을 짚었다.

"부끄러워하지 마십시오. 이건 문주님의 잘못이 아닙니다. 오히려 모든 사달의 원인은 철경에게 있지요."

모두 철경을 바라봤다. 하지만 철경은 아무 말도 하지 않았다.

반건위가 계속 말했다.

"철경은 문주가 아님에도 태전문의 이름으로 여러 가지 일을 벌였습니다. 그로 인해 사람들의 시선을 끌었고, 이목이 집중되었죠. 필요 이상으로요."

말은 하지 않았지만, 모두 인정하는 분위기였다.

"이런 상황에서 문주님의 무공이 철경보다 강하지 않는다면, 문파로서는 악재입니다."

문파가 크기 위해서는 문주의 무공이 절대적이다.

어쩔 수 없는 무림의 생리였다.

"이 상황을 극복하기 위해서는 세 가지 방법이 있습니다. 제 생각에는요."

"부디 말씀해 주십시오."

태조인이 부탁하고 싶을 정도였다.

"첫 번째 방법은 문주님이 강해지는 겁니다. 명성에 걸맞게요."

"그건, 어려울 것 같군요."

이니 나이를 많이 먹었다. 그리고 재능에도 한계를 느끼고 있었다.

"저도 그렇게 생각합니다. 그리고 두 번째 방법은 연맹입니다."

"연맹이라면, 다른 문파와 합치란 말씀인가요?"

"비슷합니다. 연맹도 몇 가지 방법이 있는데, 작은 문파를 여럿 모을 수 있죠. 하지만 잘못하면 오히려 잡음만 늘어날 겁니다. 또 대문파와 연맹을 맺을 수 있는데, 그럼 자칫, 태전문이 대문파에 먹힐 수도 있습니다."

사실 그렇게 될 가능성이 높았다.

특히 삼대룡이 사라진다면, 태전문은 소문파를 벗어나기 못한다.

문주의 역량이 모든 걸 좌우하기 때문이다.

"세 번째 방법을 말씀해 주십시오."

"세 번째는 문파를 버리는 겁니다."

"네에?"

"정확히 말하면, 문파를 상단으로 바꾸라는 뜻입니다."

그 말에 태조인을 비롯하여, 모두가 놀라서 반건위를 바라봤다.

반건위는 다시 태조인에게 물었다.

"그래서 제가 물어본 겁니다. 문주님. 꼭 문파여야만 합니까?"

"그게……."

"대답하기 힘들면, 다른 말로 물어보죠. 꼭 문파를 하고 싶습니까?"

태조인은 잠시 생각했다.

젊었을 때는 청운의 꿈을 안고, 천하제일의 문파를 만들기 위해 노력했었다.

만약 그때라면, 절대 안 된다고 반대했을 것이다.

하지만 지금은 달라졌다.

나이가 있었고, 무엇보다 현실을 알게 되었다. 이제는 문파보다 가족이 중요했다.

"저는…… 우리 가족이 잘살 수 있다면, 문파든 상단이든 괜찮습니다."

"하지만, 아버님."

태조인을 어릴 적부터 지켜본 태무경이 반대했다. 태조인이 태전문에 얼마나 애착을 가지고 있는지 알기 때문이다.

하지만 태조인은 태무경의 어깨를 두드리며 말렸다.

"허허. 사실 나도 요즘 힘들었다. 제자를 가르치는 게 힘이 부쳤거든."

"아버님. 정말 괜찮으십니까?"

"그래. 차라리 잘됐다고 본다."

태조인은 걱정 말라고 웃어보였다.

반건위는 두 사람의 대화를 듣고, 계속 설명했다.

"문주님께서 그렇게 말씀해 주시니, 한결 더 편하게 진행할 수 있겠군요. 사실 지금이 적기입니다. 태전문은 상단으로 변신하기 아주 좋을 때를 만났어요."

그는 하나하나 짚으며 알려주었다.

"먼저, 보급진지 입찰을 따냈다고 들었습니다. 사업 투자를 받을 수 있으니, 목돈을 마련할 수 있을 겁니다. 일거리가 있으니, 사람을 모집하기 좋고, 관에서 진행하는 일이니, 돈을 떼일 염려도 없습니다."

사람들은 고개를 끄덕였다.

"무엇보다 사업을 하는 데 있어, 가장 큰 골칫거리인 관과 사이가 좋다고 들었습니다. 청해성의 절도사면, 이 지역에서는 황제 이상의 권한을 가지고 있지요. 무슨 사업을 벌이든, 잘 풀릴 겁니다."

그는 곧바로 두 번째 장점을 설명했다.

"두 번째로 최근 추신검문이 멸문하면서 쌀의 유통권이 붕괴되었습니다. 이걸 그대로 가져오는 겁니다. 마침 추신검문의 재물을 가지고 있으니, 그걸 사용하면 되겠군요."

"그 돈은 저희 것이 아니라, 철경 대협 겁니다."

태무경이 대답했다.

그러자 철경이 끼어들었다.

"지금 쓸데가 없으니, 태전문에 투자하겠소."

"좋군요. 그럼 돈은 충분하고, 내 인맥과 무영문, 하오문의 정보력을 이용해서 쌀의 유통망을 파악하고, 확보하는 겁니다. 그럼 쉽게 먹을 수 있어요."

만약 성공한다면, 태전문은 단숨에 거대 상단으로 변할 수 있었다.

게다가 쌀의 특성상, 망할 리 없는 사업이었다.

밥을 안 먹는 사람은 없을 테니까.

잘 꾸려놓으면, 오랫동안 이어갈 수 있었다.

반건위는 이어서 세 번째 장점을 설명했다.

"세 번째 좋은 점은 문주의 무공이 낮아도 상관없다는 겁니다. 오히려 일을 잘하는 사람을 받아들이는 포용력이 중요하죠. 제가 봤을 때, 태전문의 문주님은 그럴 수 있는 사람이고요."

문파라면 문주보다 능력 있고, 일 잘하고, 무공이 뛰어난 사람을 받아들이는 데 한계가 있다.

하지만 상단은 그런 것이 없었다.

문주만 괜찮다면, 무한정 받아들일 수 있었다.

"물론 저도 좋은 사람들을 소개시켜드릴 수 있습니다."

반건위는 단지 내기만 좋아하는 노인이 아니었다.

그는 식견이 있었고, 큰 그림을 그릴 줄 아는 사람이었다.

그의 말에 태조인은 물론, 이곳에 있던 사람들은 모두 설득 당했다.

"자아, 그럼 문주님께서 찬성하시는 걸로 알고, 바쁘게 움직여 봅시다. 참고로 말하는데, 매우 바빠질 겁니다. 그리고 주변에 믿을 만하고, 뛰어난 사람이 있다면, 당장 데려오세요. 아마 사람도 많이 필요할 테니까요."

반건위의 말처럼, 그날부터 모두가 바빠졌다.

먼저 태전문은 '태전상단'으로 변한다.

태조인은 그 사실을 공표했다.

태전문의 제자들에게 사실을 알려주고, 떠날 사람과 남을 사람을 구분한다.

그리고 마을을 돌아다니면서 사람들을 만났다. 현령과 토호들, 상인들을 만나서 태전상단을 알리는 데 집중했다.

그리고 태무경은 반건위를 따라다니면서 전반적으로 총관이 해야 할 일을 배웠다.

사실 태무경은 총관 일을 따로 배운 적이 없었다. 그냥 상황이 따라 총관이 되었고, 여기저기 물어가며 주먹구구식으로 일을 했었다.

문파가 소규모일 때는 그런 것이 가능했다. 하지만 문파가 커지고, 회계나 감사, 인사, 관리 등으로 분리되자, 감당하기 힘들어했었다.

그런데 반건위는 모든 걸 알고 있었다.

마치 수십 번이나 해본 사람처럼, 익숙하게 구분하고 나누고 정리했다. 앞으로 뭐가 어떻게 될지 알고 있었고, 예상해서 계획을 수립했다.

그런 것을 하나씩 알려주었고, 태무경은 열심히 배워 나갔다.

허종도 바빴다.

그는 보급진지로 통하는 길을 닦는 일을 맡았다.

물론 처음 해보는 일이라 많이 힘들었다. 역시 반건위가 많은 부분에서 가르쳐 주었고, 하나하나 배워나갔다.

토목 관련 기술자를 구하고, 노동 인력을 끌어모았다.

실제로 현장에 나가서 관찰하고 지시를 내리기도 했다.

쉽지 않았다.

현장 인부들은 말을 듣지 않았고, 하루에 사고가 열 번이나 나기도 했었다.

그럼 현령에게 불려 가고, 대책 마련하고, 수습하느라 진땀을 흘렸다. 더 어려운 부분은 서류 작업이다.

수십 개의 보고서를 작성하고, 아래에서 올라오는 것을 검토하고, 위쪽의 명을 따라야 했다.

머리에 쥐가 날 정도로 힘들었다.

'그래도 할 만하다.'

사람이 간사한 것이, 아무리 힘들어도 진서에게 무공을 배울 때보다는 나았다.

온종일 어린아이들과 비무를 겨루는 것보다 재미있었다.

일이 끝나면 술 한잔하는 재미도 있고, 닦여진 길을 보면 보람도 있었다.

때문에 허종은 아무런 불만 없이 열심히 일했다.

다행히 그는 건달 생활을 오래했었고, 거친 인부들을 다루는 법을 금방 터득했다.

그리고 보고서 작성이나, 세무적, 금전적 부분이 취약해 했는데, 홍수록이 끼어들어서 도와주었다.

전 도박장의 주인, 홍수록은 본래 여행이나 다니면서 여생을 즐기려 했는데, 반건위에게 설득당했다.

딱 오 년만 도와주기로 하고 태전상단에 들어왔다.

홍수록은 도박장을 오랫동안 운영했기에 금전과 관련된 일을 잘 알았다. 게다가 이 근방에서 수십 년간 일을 했기에 인맥도 넓었다.

길을 닦는 데 큰 도움이 되었다.

경아인과 가우금 역시 바쁘게 돌아다니고 있었다.

그들은 각각 무영문과 하오문을 움직여, 한때 추신상단 소속이었던 추미상단의 잔재를 찾아냈다.

그리고 추미상단의 중요 인물들은 섭외하고, 그들의 상

권을 복구할 방법을 찾았다.

혈랑대도 태전상단으로 들어왔다.

철경이 얼마 전에 떠난 남관우를 다시 부른 것이다.

역시 오 년만 태전상단을 도와달라고 부탁했다.

사실 남관우는 폭렬검 진운태의 배신으로 낭인생활에 회의감을 느끼고 있었다.

그런 때에 철경의 제안을 받자, 쉽게 설득 당했다.

그리고 혈랑대 낭인들은 둘로 나뉘어졌다.

반은 혈랑대를 탈퇴했고, 곽우영을 비롯해서 나머지 반은 태전상단으로 같이 들어왔다.

그들은 태전상단 내부에 태랑대를 신설했다.

태전상단을 지키는 경비무사부터 호위무사, 적과 싸우는 타격대와 잡무를 처리하는 평무사까지.

사람들을 모으고, 교육시키고, 분배, 관리까지 도맡았다.

반건위가 태전문의 머리가 되어, 이것저것 지시를 내리면, 태랑대는 손발이 되어 움직이고 있었다.

진서의 공식직함은 태전상단의 식객이다.

그녀만은 일을 하지 않았다.

요즘은 무슨 생각인지, 뒷산에 거처를 마련하고, 태전문보다 뒷산에 머무는 일이 많아졌다.

하지만 아무도 그녀에게 뭐라하지 않았다.

그녀의 존재 자체가 태전상단의 호부(護符)였기 때문이다.

호부란 집을 지켜주는 부적이었다.

실제로 며칠 전에 일단의 무리들이 태전상단을 습격한 적이 있었다.

그들은 추신검문의 보물을 노린 무리들로 나름 준비를 했었다.

태전상단의 한 명을 뇌물로 꼬드겨 정보를 캐냈고, 태랑대와 철경 등이 자리를 비웠을 때 급습했다.

무공이 약한 아이들이나, 태무경을 인질로 삼을 계획까지 세워 두었다.

그렇게 만반의 준비를 하고 태전상단의 담을 넘었다.

하지만 한 식경도 안 되어 모든 계획이 무너졌다.

뒷산에 있던 진서가 순식간에 내려온 것이다. 그리고 단 두 수만에 스무 명을 죽였다.

나머지 서른 명은 항복했고, 그들을 전부 꿇렸다. 그리고 그들이 어느 문파에서 왔는지 알아낸 뒤, 그 문파까지 찾아갔다.

문주까지 죽인 후에 돌아왔다. 그녀가 심심하다고 벌린 일이었다.

소문은 퍼졌고, 그 후로는 한 번도 침입자가 나타나지 않았다.

심지어 마교의 수선화까지 태전상단을 도왔다.

진서가 버젓이 지켜보고 있으니, 철경에게 다가갈 수 없었다.

그래서 때를 기다렸고, 집안에만 있으니 너무 심심했다.

끝내는 자신이 먼저 반건위를 찾아갔다.

일을 달라고 부탁했고, 반건위는 수선화에게 손님을 맞이하는 일을 맡겼다.

접객당의 일원이 되어 찾아오는 손님을 맞이하고, 대응하는 일이었다.

수선화는 천성이 사람을 만나는 걸 좋아하는지라, 즐겁게 일을 했다. 본인의 특기인 섭혼술은 사용하지 않았다.

그럼에도 워낙 미모가 천하일색이었다.

그녀를 한 번이라도 보기 위해, 일부러 일을 만들어서라도 사람들이 찾아왔다. 대부분 남자 손님들로 한동안 태전상단의 접객당에는 줄이 끊어지지 않았다.

반면 철경은 혈랑대만 데려왔을 뿐, 태전상단의 일은 일절 하지 않았다.

반건위에게 부탁한 부분이었고, 지금은 오롯이 제자들에게만 집중하고 있었다.

그가 판단하기에 이제 기초 작업은 끝이 났다.

이제 본격적으로 초식을 익힐 차례였다.

그러기 위해서는 먼저 자신에게 맞는 무공을 찾아야한다.

이 것을 위해 철경은 제자들을 유심히 살펴봤었다.

아이들의 신체는 어떠한지, 혈맥은 두꺼운지 얇은지, 어느 부분이 특이한지, 손과 발의 길이는 어떻고, 어떤 부분의 근육이 발달했는지.

성격도 잊지 않았다.

적을 만났을 때 어떤지, 주로 어떤 초식을 사용하고, 어떤 초식을 불편해하는지, 왜 싫어하는지조차 물어보고 상담했다.

그걸 감안해서 각자 체형과 성격에 맞는 무공을 만들어주려 노력했다.

내공은 금천지경을 가장 기본으로 가르쳤다. 안타깝게도 금륜안을 발현되진 않는 것 같았다.

그래서 진천무경을 하나씩 가르쳤고, 제자들의 특성에 맞게 나누었다.

우선 제갈민은 뼈가 가늘고, 혈맥도 가는 편이다.

무공에 적합한 체질은 아니었다. 하지만 섬세하고, 상황

판단이 빨랐다.

때문에 천뇌전공을 가르쳤다.

그리고 무공은 강천뇌지인 지법과 비도술 위주로 알려주려 했다.

“저는 단검이 좋아요.”

본인도 가벼운 단검을 선호했고, 몸이 날래서 경공을 사용하는 것도 어울렸다.

철경은 고민 끝에 진서에게 도움을 청했다.

본인도 비도술과 지법에 일가견이 있지만, 진서는 단검 하나로 화경의 경지에 이른 고수였다.

그녀가 거절하면 다른 방법을 찾겠지만, 다행히 흔쾌히 도와주었다.

제갈민과는 여불위의 무덤 때부터 인연이 있었으니까.

게다가 철경의 생각에 진심으로 감탄했다.

처음에는 진서가 의문을 표했다.

“왜 제자들마다 무공을 다르게 가르치려는 거야? 같은 무공이잖아.”

“각자 신체와 성격이 다르니까.”

“뭣?”

철경은 태사부가 사부들에게 가르쳤다는 것과 자신이 깨달은 부분을 알려주었다.

그러자 진서는 무언가 깨달은 것 같았다.

그녀 역시 아버지가 시키는 대로 무작정 따랐고, 극한의 수련 속에 깨달음을 얻었다.

하지만 본인이 뭘 원하는지, 본인의 신체가 어떤지, 그것에 대해서는 생각해 보지 않았었다.

“맞아. 아버지를 능가하기 위해서는, 나만의 검을 만들어야겠어.”

진서가 뒷산에 오랫동안 머무는 원인이었다.

그렇게 제갈민은 철경과 진서에게서 경공과 단검술, 비검술, 지법을 위주로 무공을 배웠다.

태천화 역시 무공에 대해 재능은 없었다. 하지만 독기가 있고, 신체가 긴 편이다. 특히 다리가 길었다.

할아버지 태조인을 닮았고, 어릴 때부터 목하시류결을 배운 터였다.

그녀에게는 경신법과 퇴법, 검술을 가르쳤다.

그리고 진서의 충고를 받아서 그녀와 진지하게 의논했다.

“네가 의술에 관심이 있다고 들었다. 정식으로 배워보는 건 어떠냐?”

무공과 의술을 병행해 볼 것을 제안했다.

태천화는 며칠을 고민했고, 철경의 말에 동의했다.

그녀 역시 무재가 아님을 알고 있었다. 특히 동생 태천부와 비교했을 때 확연히 드러났다.

그래서 본인이 잘할 수 있는 것, 관심 있는 것을 생각해

보고 의술을 선택했다.

물론 두 배로 힘든 일이었다.

낮에는 무공을 익히고, 오후부터 저녁까지는 의술을 익혀야 했으니까.

하지만 본인이 원한 일이기에 기꺼이 해냈다.

나중에 철경은 아예 의원을 집으로 초빙했다.

태천부는 전형적인 무재였다.

신체적으로 뛰어나고, 무에 대한 재능도 있었다.

세맥이 넓게 형성되어 있고, 팔이 길고, 손가락이 긴 편이다.

검이 어울렸다.

또한 성격이 신중했고, 굉장한 노력파였다.

하나를 가르치면, 본인이 만족할 때까지 연습하고 수련했다.

실력이 눈에 띄게 일취월장했다.

내공은 본래 목하시류결을 익혔고, 신체가 유연하여 목하시류결에 어울렸다.

검술에 대해서는 고민을 많이 얹했다.

철경도 검술을 익혔지만, 주로 중검을 사용했고, 박투술을 더 중점적으로 이용했다.

하지만 태천부는 중검에 어울리지 않는다.

손가락이 가늘고 긴 편이며, 손목과 어깨가 유연했다.

그리고 성격상 방어에 치중하고, 신중한 편이라 일격필살을 노리는 환검에 어울렸다.

태천부도 여러 검술을 익히면서 환검에 관심을 보였다.

문제는 철경이 환검에 대해 아는 것이 적었다.

어쩔 수 없이 고민을 했고, 환검에 대해 공부를 했다.

그동안 많은 검수들과 겨루었다.

화천백의 천뢰마검부터, 청살귀존 허한상의 압도적인 도법, 사흑파 백면객의 환검, 또 사흑파 문주 사하기의 화령진검까지.

그들과 싸울 때를 떠올렸고, 그들의 초식을 생각했다.

특히 백면객의 환술, 환검을 떠올리며, 필요한 부분만 축약하여, 태천부에게 가르쳤다.

마지막으로 원주가 제일 힘들었다.

3장

원주는 철경의 제자가 된 이후부터 꾸준히 말과 글을 익혔다.

그래서 상당히 발전했고, 일반적인 의사소통도 가능해졌다.

그런데 내공만은 달랐다.

내공의 개념을 이해하기 힘들어했고, 본인 역시 하고 싶지 않아 했다.

"강인한 육체의 힘이면 충분하다."

그런 소릴 하면서 거절했고, 그걸 설득하고 이해시키는데 애를 먹었다.

그렇게 생어토결을 익히는 데, 무려 반년이나 걸렸다.

다행히 한 번 이해하니 가속도가 붙었다.

몸 전체에 이상할 정도로 기운이 넘쳐나니, 내공도 금방 커졌다.

권법과 박투술에 관한 초식은 가히 천부적으로 익혔다.

말보다는 몸으로 가르친 것이 주효했고, 천성적으로 몸을 쓰는 일에 익숙한 탓이다.

때문에 현재 원주의 수준은 이미 일류를 넘어섰다.

그래서 원주만은 목표를 수정했다.

그는 다른 제자들과는 달리, 일년 안에 절정고수로 성장시키는 것이 목표였다.

이렇게 철경은 아이들을 가르치면서, 정말 많은 고민을 했다.

그동안 싸웠던 적들을 생각했고, 그들의 초식을 떠올렸다.

수없이 복기하면서 어떻게 써먹을 수 있을지, 어떤 초식으로 만들지 매일 고민했었다.

그러면서 본인의 무공도 더듬어보게 되었다.

쓸데없는 초식은 없었는지.

나에게 맞지 않은 초식은 없는지.

사용 안 하는 초식은 어떤 거였지? 그걸 어떻게 바꾸는 게 좋을까?

내가 이렇게 공격할 때, 상대는 어떻게 대응했더라.

그런 고민과 생각, 명상과 상념들이 본인에게 큰 도움이 되었다.

어느듯 자신의 무공이 조금 더 완숙해짐을 느꼈다.

그렇게 두 달이 흘러갔다.

철경은 제자들의 수련하는 모습을 보면서, 문득 깨달았다.

'이제 때가 되었군.'

아이들은 각자의 무공 초식을 완벽하게 외웠다.

이제 몸에 붙을 때까지, 완숙의 경지에 이를 때까지 연습하는 수밖에 없었다.

그리고 여기서 한 단계 올라가기 위해서는 내공이 필요했다.

최소한 주먹 크기까지 키워야지, 내력으로 초식을 뿜어낼 수 있었다.

그래야 일류고수라 부를 수 있다.

다만 내공은 하루아침에 키울 수 없다는 것이 문제였다.

매일매일 꾸준히 수련해서, 최소 칠 년에서 십 년 이상 쌓아야 주먹 크기가 된다.

그게 아니라면, 편법을 사용해야 한다.

내공 증진에 효험이 있는 영단이다. 좋은 영단을 섭취하면, 빠른 시일 내로 내공을 키울 수 있었다.

여기서 또 하나의 문제가 생긴다.

좋은 영단을 구하기가 쉽지 않다.

‘싸구려 영단은 몸을 망치고, 체내의 불순물만 쌓인다. 당장은 좋을지 몰라도, 결국 몸을 망칠 뿐이야.’

그러니 누구나 좋은 영단을 원하지만, 누구나 구할 수 없었다.

특히 요즘은 아무리 돈이 많아도, 좋은 영단을 구하기가 하늘의 별 따기였다.

수요가 너무 많기 때문이다.

그래서 철경은 영단을 만들기로 결심했다.

마침 그에게는 여불위가 남긴 ‘대의단’을 만드는 제조법이 있었다. 본인이 먹어서 효과도 봤고, 믿을 수 있었다.

그래서 만무당의 보물을 파낼 때부터 영약과 약초만은 따로 빼놓았다.

재료는 충분했다. 이제 만들기만 하면 된다.

그는 무영문의 경아인을 불렀다.

“저어, 영단을 만들 수 있는 사람은 구하기 어렵습니다.”

경아인이 뱉은 첫마디였다.

철경이 바라보자, 조금 더 자세히 설명했다.

“제가 한때 영단을 만드는 임무에 투입된 적이 있거든요. 그래서 잘 알고 있습니다. 영단을 만드는 일은 생각보다 훨씬 어렵습니다. 들어가는 재료의 무게가 먼지만큼만 달라도, 완전히 다른 영단이 탄생하니까요.”

요리와 비슷했다.

아무리 좋은 재료가 들어가도 손질과 배합이 중요했다. 만약 바닷물을 머금고 있는 해산물에 소금을 투입한다면?

음식은 짜고 맛은 없어진다.

영단 역시 재료의 손질과 배분, 배합이 가장 중요했다.

또 '단'의 형태로 만드는 섬세한 기술도 필요하다.

"실제로 이걸 해낼 수 있는 사람이 거의 없습니다. 대부분은 대충 섞어서 약의 효과를 일 할도 못 얻는 경우가 허다하죠."

"조제법이 있어도 안 되는 건가?"

"네. 그 유명한 소림의 대환단을 생각하시면 될 겁니다. 거기도 제조법이 있다지만, 백 개를 만들면 겨우 다섯 개 정도 성공한다고 하니까요."

"흐음."

경아인이 그 자리에서 명단을 작성했다.

"청해에서 영단을 잘 만드는 사람을 추려보면 이 정도입니다. 대략 열한 명이 있는데, 그중 열 명이 곤륜산에 기거하는 도사들입니다."

도사란 도(道)를 탐구하고 자다.

그리고 도를 구하는 방법에는 여러 가지가 있었고, 그중 방사(方士)라 불리는 도사들이 있었다.

그들은 각종 광물이나 약초 등을 이용해 단을 만든다. 그 단을 복용하여 몸을 깨끗이 하여 신선의 경지에 이르는 것이 목적이었다.

경아인이 말을 이었다.

"하지만 그런 방사들은 굉장히 패쇄적입니다. 그래서 저희 무영문이 부탁했을 때도, 전부 거절당해서 실패했습니다."

"……."

경아인이 조심스럽게 물었다.

"제 생각이지만, 산호 도장님에게 부탁하면 어떨까요? 같은 곤륜산에 있으니, 아는 방사도 있을 겁니다. 그럼 도와줄지도 몰라요."

경아인의 말은 일리가 있었다.

방사들이 패쇄적이라면, 무턱대고 찾아가는 것보다 산호 도장을 통해 접근하는 것이 나았다.

게다가 산호의 몸 상태도 궁금했고, 무림맹에게 약속한 것도 있었다.

석 달 이내에 찾아간다고 했는데, 벌써 그 석 달이 다가오고 있었다.

'아무래도 무림맹 청해지부로 가야겠군.'

결심이 섰다.

그때 경아인이 조심스럽게 말했다.

"아, 그리고 말씀드릴 것이 있는데, 누군가 철경 대협을 조사하고 있습니다."

"나를?"

"네에. 처음에는 반건위 대협의 부탁으로 하오문이 움직이는 줄 알았거든요. 그런데 아니었습니다. 개방도 있고, 무림맹에서 조사하는 것 같아요. 특히 청해지부에서요."

무림맹에서 왜 조사를 하는 걸까?

평소라면 상관없지만, 지금은 곤란했다.

이제 사부님의 두 번째 부탁이 끝나면 세 번째 복수를 해야 하니까.

구도상단과 모용세가는 무림맹에 소속되어 있었고, 자칫 그들의 귀에도 들어갈 수도 있다.

그러면 여러모로 복잡해진다.

'빨리 무림맹에 가야겠어.'

결심이 섰으면, 망설일 필요일 것 없었다. 그는 곧 떠날 준비를 했다.

철경은 먼저 진서를 찾아갔다. 그녀에게 제자들의 수련을 부탁했다.

"흐음. 나도 바쁜데."

그녀 역시 잠도 안 자고, 자신의 무공을 연구하고 있었다.

그래서 철경의 부탁을 꺼려 했다.

"사흘에 한 번씩만 봐주면 돼."

"흐음. 알았어. 그 정도는 해줄게. 대신 아이들에게 뒷산으로 올라오라고 해줘."

"고맙다."

이번에는 진서가 물었다.

"그런데 혼자 가는 거야?"

"아니."

진서는 눈살을 찌푸렸다.

"혹시 그 여우 년 하고 같이 가는 거야?"

"누가 갈지 모르지만, 마교랑 같이 움직인다. 약속이니까."

"흥. 그년만은 피해라. 재수 없어."

진서는 여전히 수선화가 마음에 들지 않았다.

지금까지 언니, 언니 하면서 따라오지만, 그럴수록 멀리했다.

실제로 몇 대 때린 적도 있었다.

"가능하면 그래 보지."

철경은 무뚝뚝하게 대답했다.

"어머나, 강 대인. 또 찾아오셨군요."

수선화의 간지러운 목소리가 울렸다.

강 대인은 칠(七) 접견실에서 한 시진이나 기다렸다. 너무 짜증났지만, 수선화를 보자마자 씻은 듯이 사라졌다.

"오, 오셨소? 수선화."

긴장해서 말까지 더듬었다. 마을에서 제일 화통하다는 그답지 않았다.

수선화는 생글생글 웃으면서 그의 앞에 앉았다.

"대인. 직접 찾아오실 필요 없다니까요. 매번 납품하실 때마다 직접 오시면, 상회는 누가 이끌어요?"

"하하. 수선화 소저가 눈에 아른거려서 참을 수가 있어야지."

"어머. 대인. 우리 사이에 딱딱하게 소저가 뭐예요. 그냥 선화라고 부르시라니까요."

"그렇게 해도 되겠소?"

"당연하죠. 대인. 우리 상단에 그렇게 후한 조건으로 납품도 해주시고, 우리가 몇 번이나 만났더라? 벌써 열 번도 넘게 만난 것 같은데요."

"정확히 열두 번째 만남이오."

강 대인은 기다렸다는 듯 대답했다.

그는 첫 만남 때부터 모두 걸 기억하고 있었다.

첫날 수선화를 봤을 때의 충격, 그녀의 아름다운 눈매와 싱그러운 미소, 하늘거리는 발걸음과 연녹색 옷자락까지.

솔직히 매일매일, 하루에 열두 번도 오고 싶었다. 하지만 대기 줄이 길어서 그러지 못했다.

심지어 지금 나가면서 대기를 걸어도, 오 일 후에나 다시 만날 수 있었다.

“어머, 우리가 벌써 그렇게 많이 만났나요?”

수선화는 미소를 지으면서, 탁자 위에 있는 차를 따랐다.

흔해 빠진 녹차였다.

평소 강 대인이라면 공짜로 줘도 마시지 않을 하품이다. 하지만 수선화가 따라주는 차는 맛이 달랐다.

세상 귀한 차를 마시는 것처럼 천천히 음미했다.

금방 잔을 비웠다.

“어머나. 대인께서 목이 말랐나 봐요.”

수선화는 다시 차를 따라주었다.

그때 갑자기 강 대인이 손을 뻗었다. 수선화의 손을 덥썩 붙잡았다.

“서, 선화.”

“어머. 강 대인 왜 이러세요? 이러시면 안 돼요.”

수선화는 깜짝 놀라서 손을 빼려 했다. 당황하면서 허둥거리는 모습조차 귀여웠다.

강 대인은 그 모습을 잠시 넋을 잃고 바라보았다. 그리고 몇 날 며칠을 고민했던 말을 쏟아냈다.

“선화. 지금부터 내가 하는 말을 잘 들어주시오. 결코 충동적으로 하는 말이 아니오. 며칠 동안 수없이 고민했고, 결심을 했소. 부디 그걸 알아줬으면 좋겠소.”

“대인. 갑자기 왜 이러세요? 무서워요.”

"선화. 나랑 혼인해 주시오."

그의 다른 손에는 보석함이 들려 있었다.

안에는 갖가지 보석이 들어 있었다. 특히 한가운데 있는 흑진주는 몹시 크고 아름다웠다.

수선화는 깜짝 놀란 표정을 지었다.

"너무 아름다워요."

"모두 당신에게 주겠소."

하지만 수선화는 보석함을 받지 않았다. 빙그레 웃으며 거절했다.

"미안하지만, 대인. 저는 이걸 받을 순 없어요."

"왜, 왜? 이유가 뭐요?"

"대인은 이미 부인이 두 명이나 있잖아요. 자식도 다섯이나 있는 걸로 아는데, 설마 저보고 첩으로 들어오란 뜻인가요?"

"아, 아니오. 우리 같이 도망갑시다. 내가 지금까지 모은 재산 모두 그대에게 줄 수 있소. 부디 기회만 준다면, 남은 여생을 모두 그대를 위해 살겠소."

"호호호. 대인."

수선화는 강 대인의 손을 어루만지면서 그를 다독였다.

"그러시면 제가 너무 미안하잖아요. 강 대인이 평생 노력하고, 이룩한 것들이 모두 여기 있는데……. 그걸 모두 버리고 갈 수 있나요?"

"나는 이제 선화가 없으면, 단 하루도 살 수 없는 몸이 되었소. 일도 손에 안 잡히고, 자려고 누워도 온통 그대 얼굴만 생각나오. 이 나이에 어울리지 않지만…… 사, 사랑하오. 선화."

강 대인은 진지했다.

수선화는 당황하지 않았다. 아주 익숙한 미소로 대답했다.

"이러지 마세요. 대인. 이러시면 제가 여기서 일을 할 수 없답니다."

"일은 무슨. 아니, 정 일을 하고 싶으면 우리 상회로 오겠소? 지금 받는 돈의 열 배를 주겠소."

"말씀은 고마우나, 대인. 저는 정말 나쁜 여자예요. 저를 사랑하시면…… 불행해지시는 거예요."

이때 그녀는 고개를 숙이며, 미묘한 표정을 지었다. 마치 사연이 있는 여자 같은 얼굴이었다.

사람 마음이 참 요상했다.

하지 말라면 더욱 하고 싶어진다. 그리고 사연 있는 여자라면 더욱 갖고 싶어졌다.

더욱이 수선화 본인이 나쁜 여자라고 하니, 오히려 솔직하고 순수해 보였다.

강 대인은 더욱 빠져들었다.

수선화는 탁자 위에 있는 모래시계를 보면서 중얼거렸다.
"어머, 벌써 접견 시간이 다 되었네요."
"선화, 아직 대답을……."
"우리, 사랑은 말고 그냥 친구 사이로 지내요. 그래야 오래 볼 수 있으니까요."
"하지만……."
"저도 대인의 마음을 알겠어요. 하지만 지금은 안 돼요. 그러니 부디 제 말을 따라주세요. 아니면…… 저는 갑자기 떠날 수밖에 없답니다. 그럼, 우리 다시 못 보겠죠?"
"안 되지. 그럼 절대 안 되오."
"그러니까요."
강 대인은 보석이 가득 든 상자를 내밀었다.
"그럼 이 보석이라도 받아주시오. 내 마음이오."
"안 되는 거 아시잖아요. 그걸 받으면 저 여기서 쫓겨나요."
"어찌 내 마음을 이리도 몰라준단 말이오."
강 대인은 그 후로도 애처롭게 몇 번이나 부탁했다. 그래서 보석함 중에 흑진주만 받는 것으로 합의를 봤다.
물론 강 대인은 나가면서 접견을 예약하는 것도 잊지 않았다.

접객실의 점원이 고개를 숙였다.

"죄송합니다만, 대인. 수선화 소저를 만나려면 열흘 후에나 가능하십니다."

"여, 열흘? 지난번에는 오 일이면 됐잖아."

"대기하시는 분들이 더 늘었거든요. 저도 어쩔 수 없네요. 혹시 다른 분을 만나시겠습니까?"

"아니야. 아니야. 기다리지. 부디 열흘 후에 약속을 잡아주시게."

그는 아쉬워하며 약속을 잡았다.

언젠가 수선화에게 빠진 남자가 소란을 피운 적이 있었다.

돈을 더 주면서 약속을 당겨달라고 난리를 피웠다고 한다. 물론 곧바로 제압당했고, 그 후로 그 남자는 출입 금지를 당했다.

그 꼴을 당할 수는 없다.

수선화를 보려면, 무작정 기다릴 수밖에 없었다.

'그래. 사랑에 빠진 것이 죄지.'

그는 나무를 취급하는 상인이었고, 다른 곳에서는 큰소리치는 강자였다.

하지만 이곳에서만큼은 약자였다. 사랑에 빠졌으니까.

반면 수선화는 방금 받은 흑진주를 보면서 미소를 지었다.

"흐흥. 이건 정말 마음에 든단 말이야."

사실 그녀가 마음만 먹으면, 강 대인의 전 재산을 뺏을 수도 있었다.

그가 손을 잡을 때도 쉽게 뺄 수 있었다. 손바닥 뒤집는 만큼 쉬운 일이다. 그리고 손을 잡든 어깨를 감싸든, 아무렇지도 않았다.

심지어 잠을 자도 괜찮았다.

하지만 자제했다.

그녀의 목적은 철경의 감시였고, 괜히 욕심부리다 이곳에서 쫓겨나면 곤란했다.

그래서 최대한 욕심을 줄였고, 대신 유희를 즐겼다.

자신에 반해서 허둥대는 남자들을 보면서 즐겼다.

어쩔 줄 몰라 하는 모습을 보면서 자신감을 회복했다.

벌써 강 대인처럼, 모든 걸 다 버리고, 같이 도망가자는 남자가 열 명이 넘어섰다.

지금 다른 접객실에서 수선화를 기다리는 남자들만 스물두 명이나 있었다.

'호호. 그래. 내가 이런 여자라고.'

그녀는 자신 있게 일어섰다.

"좋아. 이제 다른 방으로 가 볼까?"

다음 차례는 제삼(三) 번 접견실이었다.

그런데 밖으로 나가지 못했다. 어느새 문 앞에는 만장수가 서 있었다.

수선화가 차갑게 물었다.

"여기엔 어쩐 일이야?"

"쯧쯧쯧. 얼굴을 보니 아직 모르고 있구만."

"영감, 무슨 말이 하고 싶은 거야?"

수선화는 인상을 구겼고, 만장수는 탁자 위에 있는 차를 마시면서 대꾸했다.

"쯧. 이제 장난 그만 치고 본업에 집중해."

"그걸 누가 몰라? 귀후가 눈을 시퍼렇게 쳐다보니까, 못 하는 거지. 에잇. 생각할수록 짜증 나."

"그 귀후에서 벗어날 기회가 생겼다."

"응? 무슨 말이야?"

만장수는 철경이 태전상단을 떠날 거라고 알려주었다.

그리고 이번에는 귀후가 같이 가지 않을 거라고 전했다.

수선화는 반색을 하며 반겼다.

"정말이냐?"

"그래. 철경이 와서 내일 떠난다고 하더군. 그리고 그의 제자들에게 하는 말을 엿들었다. 내일부터 귀후에게 가서 수련을 받는다고 하더군."

"오호호호. 좋아. 드디어 기회가 왔어."

수선화는 너무 기뻐서 크게 웃었다.

만장수가 물었다.

"흐흠. 그런데 자신 있나? 귀후가 없더라도 철경은 보통 남자가 아니야. 금륜안의 주인임을 잊지 마라."

"그래. 알아. 여기까지 오는데, 한 번도 나를 여자로 안 봤지. 하지만 이번에는 단둘이 여행을 가는 거잖아. 이건 또 다르지."

"글쎄. 난 잘 모르겠는데."

"흥. 나를 우습게 보지 말라고. 이걸 보면 몰라. 나 아직 안 죽었어. 지금 나만 바라보는 남자들만 수백 명이야."

그녀는 흑진주를 들면서 소리쳤다.

만장수는 고개를 끄덕였다.

확실히 수선화의 미모는 파괴력이 있었다. 섭혼술이나 미혼술을 사용하지 않았음에도 남자들의 마음을 모두 녹였다.

이건 재능이었다.

게다가 지금 수선화에겐 부담이 없었다.

마교의 교주도 금륜안이 얼마나 대단한지 인지하고 있었다.

그래서 수선화의 유혹이 성공하면 좋은 거고, 실패해도 죄를 묻지 않을 거라 했다.

그저 철경의 반응이 궁금하다고 언급했었다.

"호호. 그럼 나도 어서 준비해야지. 내일 떠난다고?"

"그래."

수선화는 접견실의 만남을 모두 취소하고, 자신의 방으

로 돌아갔다.

그리고 예쁜 옷을 골라서 짐을 챙겼다.

수선화 입장에서는 이번에야말로 기회였다.

그동안 태전문 내에서는 죽은 듯이 지냈다.

진서 때문에 철경에게 말도 할 수 없었고, 접견실 외에는 얼굴도 가려야 했다.

섭혼술 비슷한 거라도 한 번 사용하는 날에는 진서한테 개 맞듯이 맞았다.

그런데 철경과 단둘이 멀리 간다? 그것도 그 무서운 진서 없이?

그녀는 쾌재를 불렀다.

'이번에야말로 저 사내를 유혹하고 말겠어.'

애초에 마교주가 자신에게 감시를 맡긴 이유가 있었다.

수선화는 마교도이긴 하나, 마공을 수련하지 않았다.

그녀는 중원의 무인들을 유혹하기 위해 길러졌기 때문이다.

마교에는 색혼부가 있었고, 주안술과 섭혼술, 미혼술, 방종술 등을 가르쳤다.

수선화도 수십 년간 교육받았고, 그들 중 최고라 인정받았다.

당대 최고의 미모를 소유했고, 청순함과 색기를 동시에 지녔다. 무엇보다 남자들이 뭘 원하는지, 본능적으로 알았다.

그녀는 어떤 사내든 유혹할 자신이 있었다.

마교주가 수선화에게 직접 명령했다.

가능하면 철경을 유혹하고, 안 되면 붙어서 정보라도 빼내라고.

실패해도 괜찮다고 했다.

만장수는 그걸 듣고 부담이 없을 거라 생각했지만, 수선화는 달랐다.

오히려 자존심이 상했다. 그래서 무슨 일이 있어도 꼭 철경을 유혹하리라 다짐했다.

'마교에서 태전문까지 내려올 때는 시간이 촉박했지. 그래서 빨리 이동했고, 얘기도 나누지 못했어. 태전문에서는 귀후가 있어서 가까이 가기 힘들었고.'

하지만 이번에는 달랐다. 단둘이 여행을 가는데, 아무 일도 없을 리 없다.

이런 미녀를 앞에 두고.

수선화는 그렇게 생각했다.

다음 날 철경과 수선화는 태전상단을 떠나려 했다. 그런데 출발하기 전부터 문제가 생겼다.

수선화는 예쁜 옷과 장신구를 잔뜩 챙겼는데, 때문에 짐이 한가득이었다.

철경은 그걸 보더니 짧게 말했다.

"짐을 줄이시오."

"적어도 열흘은 걸린다면서요. 저는 여자예요. 그럼 이 정도 짐은 있어야 한다고요."

그러자 철경은 옆에 있는 만장수를 바라봤다.

"다른 사람으로 바꿔주시오. 그것도 안 되면 혼자 가겠소."

수선화와 옥신각신할 것 없이 곧바로 교체를 원한 것이다. 그제야 수선화는 놀라서 소리쳤다.

"자, 잠깐만 기다려 봐요."

그녀는 자신의 짐을 빼기 시작했다. 철경은 무뚝뚝하게 첨언했다.

"우린 가능한 경공으로 달릴 거요. 그러니 짐은 어깨에 멜 수 있을 정도로 가볍게 준비하시오. 일식경 주겠소."

그리고 정말로 일식경 후에 먼저 출발했다.

수선화는 다른 것 챙길 시간도 없어서, 그냥 돈이 든 보따리 하나만 들었다.

그리고 허둥지둥 쫓아갔다.

"이봐요! 같이 가요."

출발부터 삐그덕거렸다.

그리고 두 번째 문제가 드러났다.

철경이 너무 빨랐다.

그는 언급한 대로 말이나 마차를 이용하지 않았다. 경공만을 사용해서 달렸다.

이미 한 번 겪었기에 그가 얼마나 빠른지 알고 있었다. 다만 그때는 거리가 멀었기에 배도 타고, 말도 이용했었다.

그런데 이번에는 달랐다.

무조건 달렸다.

수선화도 나름 마교에서 경공의 고수라 불렸지만, 철경을 쫓아가기는 힘들었다.

그는 체력이 어마어마했다.

한 시진 동안 계속 달리다가, 일시경 쉬고, 다시 달렸다.

그렇게 반나절을 꼬박 달렸다.

'급한 일도 없잖아. 왜? 왜 이렇게 달리는 건데?'

결국 수선화는 손을 들었다.

"허억. 헉. 헉. 이봐요. 제발 천천히. 헉헉. 천천히 좀 가요."

끝내는 뻗어버렸고, 철경의 바짓가랑이를 붙잡았다.

제발 쉬어가자고 매달렸다.

그러자 철경은 제자리에 서서 잠시 기다려 주었다.

수선화가 쉬면서 물었다.

"후우우. 누가 쫓아와요? 아니면 잡으러 가세요? 왜 이렇게 달리는 건데요?"

"체력단련."

"네에?"

"……."

그러니까 지금 운동한다고 이렇게 달린다는 거야?

수선화가 화를 냈다.

"난 체력단련 필요 없는데요."

"그럼 나중에 오시오."

따로 가자는 소리였다.

그것만은 절대 안 된다.

수선화는 고개를 저었고, 대신 좋은 방법을 생각해 냈다.

"그럼 저를 업는 건 어때요? 그것 역시 체력단련에 도움이 되지 않을까요?"

철경은 곰곰이 생각하더니, 고개를 끄덕였다.

"좋은 생각이오."

철경은 수선화에게 다가갔다. 수선화는 철경이 어딜 만질까 기대했다.

철경은 번쩍 그녀를 들었다.

"꺄앗."

그런데 그녀가 생각하는 형태가 아니었다.

수선화는 철경의 등에 업혀서 달리는 걸 상상했다. 혹은 철경이 지게를 지고, 본인은 지게 위에 앉아서 가거나.

그런데 이건 아니었다.

"자, 잠깐만요."

지금 철경은 수선화가 입은 옷의 뒷덜미를 잡고 있었다.

그리고 달리기 시작했다.

편한 건 둘째 치고, 모습이 이상했다. 데롱데롱 매달려 가는 모습이 마치 바구니 같지 않은가?

그리고 뒷덜미가 올라가서는 자신은 못생기게 보였다.

수선화가 소리쳤다.

"이, 이건 아니죠. 이 모습은 이상하잖아요."

"……."

"왜 이렇게 잡아요? 그거라도 말해줘요."

"오른팔 단련 중이오."

"네에?"

그러니까 지금 철경은 수선화를 도구 삼아 오른팔을 단련하고 있었다.

그는 수선화가 무슨 말을 하든 무시했다. 싫으면 따로 가자는 말에, 아예 눈을 감아 버렸다.

그런 식으로 첫날은 철경에게 매달려서 갔다.

철경은 주로 산속을 이동했다.

다리를 단련하기 위함이다. 쉬지 않고 산을 탔고, 한밤중이 되면 멈추었다.

불을 피우고, 산짐승을 잡아 왔다.

수선화는 노숙이 마음에 들지 않았다.

하지만 꼼짝도 하지 못했다. 매달려 가는데도 너무 힘들었고, 그대로 뻗어버렸다.

다음 날까지 그대로 잠들었다.

'이렇게는 안 돼.'

수선화는 다음 날 일어나서 고개를 저었다.

이제는 작전을 바꾸었다.

그녀는 주변을 둘러본 후, 철경에게 물었다.

"요 앞에서 잠깐 씻고 와도 괜찮을까요?"

"그러시오."

마침 바로 앞에 작은 냇가가 있었다.

수선화는 손을 씻는 척하면서, 살짝 치마를 걷어 올렸다.

하얀 당혜를 벗고, 작고 하얀 발을 노출시켰다. 일부러 다리를 살짝 벌리면서 치마를 더 걷어 올린다.

남자들은 꼬실 때는 중요한 규칙이 있었다.

첫째, 대놓고 유혹하지 않는다. 물론 대부분의 남자들은 노출을 좋아한다. 많이 노출할수록 큰 관심을 보이지만, 일시적일 뿐이다.

금세 질려 한다.

하지만 은은하게 노출하면서 상상력을 자극한다면? 오히려 폭발적으로 반응을 일으킬 수 있었다.

아마 철경도 그럴 것이다. 아닌 척하지만, 눈을 힐끔거리며 이쪽을 볼 것이다.

'그럼 나에게 빠져드는 거지.'

한데 웬걸.

철경은 아예 보이지 않았다.

주위를 둘러봤지만, 어디에도 없었다.

'아이 씨. 하늘을 봐야 별을 딸 거 아냐?'

이번 작전도 실패였다.

그녀는 조금 더 강하게 나가기로 마음먹었다.

잠시 후 철경이 돌아왔다

토끼를 잡아 왔고, 간단히 손질한 뒤, 불을 피웠다.

그사이 수선화는 옆으로 다가와서 철경의 팔을 슬쩍 만졌다.

"어머, 정말 못 하는 게 없으시네요."

남자란 동물은 자고로 칭찬에 약하다.

조금이라도 잘하는 것을 칭찬하면, 금방 으스대며 자랑했다.

그렇게 마음을 허물 수 있었다.

그런데 철경은 자랑은커녕, 무심하게 수선화를 바라보았다.

너무 쳐다보자, 수선화가 어색해서 물었다.

"왜, 왜요?"

"마지막 경고요. 장난치지 마시오."

"네?"

철경은 고개를 돌렸고, 빠르게 고기를 구웠다.

수선화는 살짝 겁이 났지만, 죽이지는 않을 거라 생각했다.

마교와의 약속이 있으니까.

'그래. 설마 여자를 때리진 않겠지.'

그사이 철경은 토끼를 다 구웠고, 일부분을 내밀었다. 수선화는 귀를 넘기면서 그것을 받았다.

"고마워요."

그녀는 구운 토끼 고기를 먹지 않았다. 대신 마교에서 배운 대로 움직였다.

가슴을 살짝 내밀며, 허리를 일부러 잡아넣는다. 그럼 허리는 잘록하고 육감적으로 보인다.

그리고 다리를 다른 방향으로 오묘하게 뻗었다.

아까 씻은 후에 일부러 하의를 입지 않았다. 때문에 매끈한 그녀의 다리가 드러났다.

치마를 살짝 올려서 종아리까지 보이게 만들었다. 그러면서 은은하게 내공을 끌어올렸다.

수선화가 익힌 내공은 특별했다. 알게 모르게 몸속에서 미혼약이 흘러나와 상대를 중독시킨다.

양이 적고, 아주 은은해서 한 번도 들킨 적이 없었다.

이쯤 되면 대부분의 남자들은 자신의 다리를 쳐다보았다. 눈을 게슴츠레 뜨면서 눈을 떼지 못한다.

그리고 다음 단계는 뻔했다.

바로 덮치는 놈도 있고, 참는 놈도 있다. 하지만 아무리 참아도 머릿속에 각인된다.

계속 상상할 것이다.

남자라면 그랬다. 응당 그래야 해야만 했다.

하지만, 안타깝게도 철경은 달랐다.

그는 성격이 특별했고, 특별한 무공까지 익힌 상태였다.

그리고 자신이 뱉은 말은 지키는 사람이었다.

부우웅.

퍼억.

수선화는 갑작스러운 충격을 받으며 머리가 뒤로 넘어갔다.

진짜 때릴지 몰라서, 피하지도 못했다. 이어서 철경은 다시 주먹으로 똑같은 곳을 내리찍었다.

콰앙.

게다가 얼마나 세게 맞았는지, 곧바로 기절해 버렸다.

만약 맞기 직전에 내공을 일으키지 않았다면, 목뼈가 부러져서 죽었을 것이다.

철경은 손에 든 토끼 고기를 다 먹은 후에 일어섰다. 그리고 아직 기절한 수선화를 바라봤다.

"진작 이렇게 할 걸."

그는 기절한 수선화를 들고, 다시 달리기 시작했다. 이번에는 왼팔을 수련하기 위해 왼팔로 들었다.

한참 후에 수선화가 깨어났다.

그는 철경의 왼손에 매달려 있다는 걸 깨달았다. 지금이 무슨 상황인지, 생각하다가 그에게 맞았다는 걸 생각해냈다.

수선화는 화를 내며 소리쳤다.

"야이. 짐승 같은 놈아. 감히 여자를 때려?"

"……."

"야. 이유라도 알자. 도대체 왜 때렸는데? 왜 갑자기 때리냐고?"

"장난치지 말라고 했다."

"내가 무슨 장난을 쳤는데? 내가 뭘 했는데?"

철경은 걸음을 멈추었다. 그리고 수선화를 쳐다보면서 서늘한 눈빛으로 대꾸했다.

"한 번만 더 내 앞에서 미혼술을 사용하면, 팔다리 중 하나를 잘라 버린다."

"……."

농담이 아니었다.

철경의 진지한 얼굴을 보니, 정말로 그렇게 할 것 같았다.

또 생각해 보니, 철경은 지금까지 빈말을 한 적이 한 번도 없었다.

한다고 하면 무조건 했었다.

수선화는 자신의 얼굴을 문지르며 중얼거렸다.

"이씨. 그래도 여자 얼굴을…… 그것도 이렇게 예쁜 여자를, 힘껏 때려도 되는 거냐고?"

얼굴은 생각보다 훨씬 부어 있었다.

"아악. 내 얼굴. 내 얼굴 어떻게 해?"

진서에게 맞은 곳이 이제야 부기가 빠졌는데. 이제는 그 이상으로 부풀어 올랐다.

물론 철경은 위로 따위는 하지 않았다. 그저 입을 다물고, 계속 달릴 뿐이다.

그 후로 수선화는 두 번 다시 철경을 유혹하지 않았다.

얌전히 따라간다고 약속했고, 그 약속을 지켰다.

대신 다른 걸 요구했다.

"노숙은 너무 힘들어요. 따뜻한 물에 씻고 싶고요. 그러니까 객잔에서 자면 좋겠어요."

"……."

"술도 한잔하고 싶은데, 돈은 내가 낼게요. 제발 부탁해요."

"기회가 되면."

철경은 짧게 대답했다.

그는 곧장 무림맹 청해지부로 향했다.

일부러 객잔으로 가진 않았지만, 가는 길에 객잔이 있으면 머물렀다.

그는 자기 일에 집중했고, 방해만 되지 않으면 무슨 짓을 해도 신경 쓰지 않았다.

수선화는 나중에 그걸 깨달았다. 그 후부터는 한결 편하게 철경을 따라다녔다.

닷새 후, 두 사람은 청해의 성도인 서녕에 도착했다.

무림맹 청해지부는 공화(共和)란 마을에 있었고, 여기서 반나절 거리에 있었다.

마침 저녁 시간이고, 해는 이미 떨어진 후였다.

수선화가 철경에게 애원했다.

"어제도 밖에서 잤잖아요. 추워 죽는 줄 알았는데, 오늘은 따뜻하게 객잔에서 잡시다."

"반나절 거리다. 내일 새벽이면 무림맹에 도착할 수 있어."

"잠깐만 생각해 보세요. 새벽에 무림맹에서 도착하면 그쪽에서 좋아하겠어요? 당신 같은 사람이 새벽에 나타나면 적으로 생각하지, 누가 반길까요?"

철경은 잠시 생각했다.

보통은 그런 걸 신경 쓰지 않았다. 하지만 이번에는 산호를 만나서 그에게 부탁을 해야 하는 입장이었다.

그리고 무림맹의 사람들도 만나야 하니, 새벽은 무리란

생각이 들었다.

그래. 아무래도 새벽보다는 아침이 낫겠지.

"그리고 이번 기회에 좀 씻고, 새옷도 사요. 사람 만난다면서요?"

철경은 자신의 옷을 바라봤다.

그러고 보니, 사흑파와 싸운 이후로 한 번도 옷을 바꾸지 않았다. 같은 옷을 빨면서 계속 입었었다.

철경은 수선화의 의견을 받아들였다.

"우린 서녕의 외곽에 있는 객잔으로 간다. 그리고 새벽에 길을 떠난다."

"알았어요. 난 몸만 씻을 수 있다면, 뭐든 다 괜찮아."

그 길로 두 사람은 객잔으로 향했다.

철경은 객잔으로 들어가기 전에 다시 한 번 당부했다.

"방으로 들어갈 때까지 죽립을 써라."

"알았어요."

철경은 바보가 아니었다.

수선화의 얼굴이 예쁘다는 걸 알고 있었고, 남자들의 시선을 끈다는 것도 알았다.

그래서 미리 죽립을 준비했었다.

그걸 수선화에게 강제로 씌었고, 미혼술을 쓰지 말라고 상기시킨 뒤, 객잔을 떠났다.

철경은 길을 물어 포목점으로 향했다.

하지만 자신의 몸에 맞는 옷이 없었다. 어쩔 수 없이 새로 만들어야 했고, 생각보다 시간이 걸렸다.

그렇게 여벌까지 만들어서 객잔으로 돌아왔다. 그래도 한 시진이 넘지 않았다.

그런데 객잔 안은 엉망으로 변해 있었다.

싸움이 벌어졌는지 여기저기 부서졌고, 수십 명이 쓰러져 있었다. 그런 난장판 위에서 수십 명이 계속 싸우고 있었다.

옷차림을 보니 대략 세 무리로 나눌 수 있었다.

그리고 수선화는 싸우는 걸 보면서 웃고 있었다. 심지어 탁자에서 술을 마시면서 즐겼다.

철경은 그녀에게 다가갔다.

마침 그녀는 철경을 봤고, 둘은 눈이 마주쳤다.

우욱.

그녀는 먹던 술을 뱉었다. 그리고 황급히 소리쳤다.

"아, 아니야. 내가 그런 거 아니니까 오해하지 마세요."

그리고 한 시진 전에 벌어진 일들을 열심히 설명했다.

수선화는 정말 피곤했다.

그래서 점소이에게 따뜻한 목욕물을 부탁하고, 곧장 자신의 방으로 올라갔다.

삼 층이라서 천천히 계단을 이용했다.

그런데 이 층 계단에서 사달이 벌어졌다.

딱히 미혼술을 사용한 것도 아니었다. 그냥 기분이 좋아서 콧노래를 부르며 올라갔을 뿐이다.

그런데 일단의 무리들이 계단 앞을 막아섰다.

턱수염에 큰 덩치, 거친 수컷 냄새를 풍기는 남자들이었다.

그들은 수선화의 몸매를 아래위로 훑었다.

"흐흐흐. 하늘거리는 모양새가 마치 나비와 같소이다."

"소저. 혼자 오셨소?"

평소라면 수선화도 이런 상황을 즐겼겠지만, 지금은 빨리 씻고 싶었다.

"죄송해요. 저는 일행이 있답니다. 지나갈게요."

"푸하하하. 내 말 맞지? 목소리도 예쁘다고 했잖아."

"정말이네. 옥이 굴러가는 것 같구나."

그들은 수선화 말을 듣지도 않았다. 자기들끼리 떠들면서 어깨에 힘을 주었다.

한눈에 음심이 동한 걸 알 수 있었다.

'흐음. 피곤하긴 하지만…….'

그동안 철경에게 무시만 당했었다. 그러다가 남자들이 이런 반응을 보이자, 기분이 좋아졌다.

그래. 남자라면 응당 이런 반응이 나와야지. 철경 그 자식이 이상한 거야.

내심 자신감을 얻은 수선화는 콧소리를 내며 아양을 떨었다.

"어멋, 이러지 마세요."

비음이 섞인 애교 섞인 목소리, 그리고 남자의 보호 본능을 자극하는 몸짓까지.

그거면 충분했다.

길을 가로막은 남자들은 흥분해서 수선화에게 다가갔다.

"이거 못 참겠는 걸?"

"흐흐. 우리가 뭘했단 말이오?"

"누가 보면 우리가 나쁜 사람인 줄 알겠어."

"오해 마시오. 우린 호걸이라, 여자들에게 친절하니까."

그때 날카로운 목소리가 그들의 말을 끊었다.

"이 파락호들아. 불쌍한 여인을 괴롭히지 마라."

수선화 뒤에서 들렸고, 그곳에는 깨끗한 장삼을 입은 남자가 서 있었다.

"공자님. 도와주세요."

수선화는 그에게 도움을 청했다.

무서워서 어찌할 줄 모르는 척 연기했다. 하지만 사실 이런 상황을 즐기고 있었다.

'그래. 남자들아. 이렇게 아름다운 나를 두고 싸워라. 수컷답게 피를 튀기며 싸우는 거야.'

그리고 상황은 그녀의 바람대로 흘러가고 있었다.

"이 새끼는 뭐야?"

"야, 죽고 싶냐?"

"기생오라비처럼 생긴 놈이 어디서 잘난 척이야?"

장삼을 입은 사내도 받아쳤다.

"흥. 역시 말로는 안 되는 무식한 놈들이군. 밖으로 나와라. 혼쭐을 내줄 테니."

그는 허리춤에 있는 검을 툭 치면서 도발했다. 그러자 거친 사내들은 곧바로 응답했다.

"오냐. 이 새끼야. 너 잘 걸렸다."

"야아. 밖으로 나갈 필요도 없어."

"넌 이제 죽었다."

사내 중 한 명이 계단의 난간을 치면서 뛰었다. 그대로 등에서 도를 뽑으며 내리찍었다.

장삼을 입은 사내도 검을 뽑아 받아쳤다.

재앵.

쿠웅.

그때부터 그들은 싸우기 시작했다.

"죽여라."

"덤벼라."

"꺄앗."

그때 수선화는 비명을 지르면서 슬쩍 옆으로 물러났다.

채앵.

우지직.

쿠쿵. 쿵.

보기와는 다르게 산도적 같이 생긴 놈들도 무공이 상당했다.

오히려 장삼을 입은 남자가 힘겨워했고, 끝내는 바닥을 뚫고 아래로 떨어졌다.

"꺄악."

"으아악."

"뭐, 뭐야?"

이젠 일 층에서 난리가 났다.

갑자기 천정이 부서지면서 사람들이 떨어졌으니까.

그리고 싸움은 계속되었다.

"으하하. 별거 아닌 놈이 잘난 척은?"

"사제. 무슨 일이야?"

"누가 우리 사제를 괴롭히는가?"

그런데 장삼의 남자는 혼자가 아니었다. 그의 일행들이

있었고, 달려와서 도와주었다.

문제는 거친 사내들 또한 일행이 또 있었다.

그렇게 두 부류의 무리들은 더 나타났고, 열심히 싸웠다.

이제는 수선화가 문제가 아니었다.

자존심 문제였고, 그들은 이기기 위해 최선을 다했다.

그리고 싸움의 원인인 수선화는 어느새 일 층으로 내려와 있었다.

피곤함도 잊고, 싸우는 걸 구경했다.

일 층은 난장판으로 변하면서 대부분의 손님들은 모두 도망쳤다. 그리고 그들이 남긴 술과 안주들이 남아 있었다.

수선화는 그쪽에서 아예 자리를 잡고 앉았다.

술을 마시고, 안주를 먹으면서 싸움을 구경했다.

그렇게 즐기고 있을 때였다.

갑자기 청색 무복을 입은 무리들이 나타났다. 그리고 소리쳤다.

"우린 무림맹에서 왔소. 당장 싸움을 멈추시오."

하지만 이미 검을 뽑고 싸우는 와중이라 아무도 듣지 않았다.

"어쩔 수 없다. 회랑대는 저들을 제압하라."

"네엡."

청색 무복의 무인들은 싸우는 이들을 말리다가 결국 같이 싸우고 말았다.

그렇게 된 상황이었다.

'아무래도 이쯤 일어나야겠는데.'

싸움의 막바지쯤에 수선화는 일어서려했다.

물론 무림맹까지 끼어드는 바람에 객잔의 물건들은 더 많이 부서졌다. 다친 사람도 늘어나고 일이 복잡하게 변했다.

그래서 수선화는 몰래 방으로 올라가려했다.

그때 철경이 들어왔고, 눈이 마주친 것이다.

그리고 수선화가 철경에게 상황을 설명하는 사이, 상황은 끝이 나버렸다.

결국 무림맹이 이 상황을 제압했다. 이번 싸움의 원인을 파악했고, 수선화를 찾았다.

조금 전 진압을 명령했던, 무림맹의 사내가 다가왔다. 그는 정중히 물었다.

"소저, 저들은 소저 때문에 싸움이 벌어졌다고 주장하던데……."

그때 수선화의 얼굴을 봤다.

수선화는 술을 먹으면서 죽립을 벗었다. 때문에 그녀의 아름다운 얼굴을 보고 말았다.

남자의 얼굴이 살짝 붉어졌다.

"저어, 그러니까…… 소저는 괜찮으십니까?"

조사하러 왔다가, 부드럽게 안부를 물었다.

수선화는 자연스럽게 대답했다.

"아아. 네에. 조금 어지럽긴 한데, 조금 쉬면 괜찮을 것 같아요."

그녀는 연약한 척 하면서 고개를 살짝 숙였다.

이건 딱히 유혹하려는 게 아니라, 그냥 몸에 베인 행동이었다.

그럼에도 남자는 그녀의 얼굴에서 눈을 떼지 못했다. 심지어 더욱 정중히 말을 걸었다.

"저런, 불한당 때문에 힘드셨군요. 아무튼 혹 이번 일로 불편한 점이 있으시면, 언제든지 저를 찾아주십시오. 저는 무림맹의 회랑대 대주 남궁보라고 합니다."

"어머, 성이 남궁이시라면, 혹시 무림 오대 세가 남궁세가의 자제신가요?"

"하하. 남궁 성을 가진 자가 모두 그곳 출신은 아닙니다만, 저는 맞습니다. 남궁세가의 삼십칠대손입니다."

"어쩐지, 너무 믿음직해 보이세요."

"하하하."

남궁보는 자랑스럽게 어깨를 으쓱거렸다.

그러면서 옆에 있는 철경을 향해 조심스레 물었다.

"흠흠. 일행분이 계신 것 같은데요. 혹시 관계가……."

"호호. 저의 친오라버니랍니다."

"아, 그러시군요. 다행입니다. 친오라버니라서…… 아니, 동생 분을 놀라게 해드려 죄송합니다."

그는 본심을 살짝 드러냈다가, 놀라서 말을 바꾸었다.

남궁보의 표정에는 약간 다행이란 뜻의 미소도 걸려 있었다.

반면 철경은 본래 이들을 무시하고 떠날 생각이었다.

그런데 무림맹이란 말에 생각을 바꾸었다.

어쩌면 이들을 이용해서 일을 빨리 처리할 수 있을지도.

철경이 입을 열었다.

"우린 무림맹의 청해지부로 가던 길이었소."

"오오. 그러셨습니까?"

남궁보는 반색하며 좋아했다.

"혹시 어떤 일로 가시는 건가요? 약속이 되어 있으십니까?"

"벽사신검 막하 대협과 약속을 했었소. 그리고 곤륜신협 산호 도장을 만나려 하오."

"용호대주님과 곤륜신룡을요?"

당서는 잠깐 생각하더니, 철경을 아래위로 훑었다. 그리고 반색을 다시 물었다.

"아아, 혹시 대력난신(大力亂神) 철경 대협이십니까?"

대력난신?

공자가 언급한 괴력난신(怪力亂神)에서 따온 말인가?

철경은 자신도 모르는 사이에 별호가 하나 더 생겼음을 알았다.

하지만 신경 쓰지 않았다. 예전에도 여러 가지 별호를 가졌지만, 한 번도 사용한 적은 없었다.

그것보다 남궁보가 자신을 아는 이유가 궁금했다.

"나를 어떻게 아시오?"

"용호대주 막 대협이 저에게 부탁하셨습니다. 근래에 청해 무림을 흔들고 있는 태전문이 있는데, 그 중심인 철경 대협이 방문할 수도 있다고요. 혹 서녕에서 만나게 되면 알려달라고 하셨습니다."

사실 이제 태전문은 없어졌다.

태전상단으로 변했고, 철경은 태전문 소속이 아니라 진천문의 문주였다.

하지만 굳이 설명하진 않았다.

"지금 바로 무림맹으로 갈 수 있소?"

"지금요? 아, 당연하지요. 제가 직접 모시다 드리겠습니다."

남궁보는 대답하면서, 수선화를 힐끔 거렸다.

그도 남자였고, 미인의 관심을 받고 싶어 했다. 수선화는 그런 남자들의 심리를 누구보다 잘 알았다.

"어머. 가만 보면 남궁보 님은 정말 능력 있으세요. 여기도 빠르게 정리하시고, 저희 일도 해결해 주시고요. 사실 저희는 오늘 가고 싶었는데, 밤이 늦어서 걱정했거든요."

"하하. 저와 같이 가시면, 곧바로 접객당에 묵으실 수 있을 겁니다. 그리고 내일 아침에 막하 대협도 만날 수 있습니다. 제가 그 정도 능력은 있지요."

"감사합니다."

수선화는 과하지 않게 머리카락을 살짝 귀 뒤로 넘겼다.

그 상태로 고개를 살짝 숙였다.

특별히 미혼술을 쓰지 않았는데도, 효과는 대단했다.

남궁보뿐만 아니라, 그와 함께 온 무림맹 무사들 대부분이 얼굴을 붉혔다.

철경은 그녀를 제재하려다 말았다.

차라리 그녀를 이용해서 빨리 일을 끝내고, 무림맹을 떠나는 게 나을 것 같았다.

산호는 새벽이 오기도 전에 일어났다. 방 안을 정리하고, 곧장 무림맹을 나섰다.

그는 내공 없이 달렸다.

작은 숲을 지나쳤고, 근처의 산 위로 올라갔다.

산의 정상에 도착하면, 떠오르는 해를 보면서 운공을 시작한다.

무림맹에 온 이후부터, 꾸준히 하고 있는 그의 일과 중 하나였다.

그런데 이번에는 운공을 생략해야만 했다.

산의 정상에는 무당진룡 진하 도장이 기다리고 있었다.

그가 웃으며 물었다.

"하하. 자네는 지겹지도 않은가? 매일 같은 경로로 달리고, 똑같은 수련을 반복하고 있잖아."

"몇 달 전만 해도 저는 죽을 뻔했습니다. 매일 살아 있는 게 감사할 따름이죠."

"산호 동생은 엄살이 심하군. 꽤 심하게 나쳤지만, 죽을 정도는 아니었어."

진하도장은 산호보다 다섯 살이 많았다. 그래서 평소에도 동생을 대하듯 아끼고, 장난도 많이 쳤었다.

예전에는 산호의 반응이 심심했다. 그저 순진하게 웃으면서 아무 말도 못 했다.

그런데 지금은 아무렇지도 않게 대답했다.

"하하. 그만큼 힘들었단 뜻이죠. 어찌 되었던 저는 새벽 공기를 마음껏 맡을 수 있어서 좋습니다."

"뭐, 동생이 그렇다면 그런 거겠지."

"진하 도장님도 기회가 되신다면, 꼭 목숨 걸고 싸워보세요. 후회하지 않으실 겁니다."

눈빛은 깊어졌고, 말투에는 자신감이 엿보였다.

이제 산골짜기 시골 청년이 아니라, 당당한 무인이라는 게 느껴졌다.

'성장했구나.'

문득 진하 도장은 이제 산호와 싸우면 승패를 장담하기 힘들단 생각이 들었다.

예전에는 한 수 아래에 있다고 느껴졌는데.

'나도 분발해야겠어.'

진하는 결심하면서도 궁금해졌다.

대체 어떤 일이 있었기에 산호가 성장했을까?

산호가 깨어나자마자 물었지만, 그는 많은 이야기를 해 주지 않았다.

진하는 다시 물었다.

"그런데 사하기를 죽인 여협이 누군지, 정말 안 가르쳐 줄 거야?"

"그분께서 비밀을 지켜달라고 했으니까요. 본인이 원하지 않으면 입을 다물 생각입니다."

"아쉽군. 어느 고인인지 궁금한데."

"그런데 계속 여기 계실 겁니까? 저 수련해야 하는데요."

예전과 다른 모습이 또 드러났다.

산호는 항상 타인을 먼저 생각했고, 싫은 소리는 하지 못했다. 남이 하자고 하면 따랐고, 자신이 하고 싶은 건 참았다.

그런데 지금은 자신이 원하는 걸 당당히 말하고 있었다.

짧은 시간 내에 성격이 바뀌어서, 그저 신기했다.

"흠흠. 알겠네. 장난은 그만 치고, 본론으로 넘어가지. 사실은 부탁이 있어 찾아왔네."

진하는 어젯밤 늦은 시간, 무림맹 부주님의 호출을 받았다.

문파 간에 큰 다툼이 생겼고, 유혈사태까지 벌어졌다고 한다.

그들을 진정시켜야 하니, 도와달라고 했었다.

"양측 모두, 문파 수가 백 명도 안 되는 작은 문파야. 하지만 분위기가 안 좋은가 봐. 벌써 수십 명이 죽었고, 낭인까지 고용해서 더 큰 싸움으로 번질 수 있다고 하시더군."

"빨리 말려야겠군요."

"맞아. 한시라도 빨리 가야 하는데, 지금 갈 수 있는 인원이 없나 봐. 여차하면 두 문파를 제압해야 하니까 고급 인력이 필요하지."

"그렇군요. 여기 청해지부도 고수가 부족한 것 같습니다."

"아무래도 무림맹은 예전 같지 않으니까. 아무튼 어때? 몸이 괜찮으면 나랑 같이 가겠나? 나 혼자서는 무리인 것 같아서."

물론 아니었다.

무당진룡의 실력이면, 충분히 그들을 제압할 수도 있었다.

하지만 산호 도장이 갑갑할까 봐, 같이 외출해서 기분을 풀어주려는 의도였다.

산호 도장은 고개를 끄덕였다.

"좋습니다. 저도 답답하던 차였습니다. 저도 한 손 거들겠습니다."

"고마워. 그럼 바로 출발할까?"

딱히 준비할 것도 없었다.

두 사람의 실력이면, 한나절 내로 갈 수 있는 거리였다.

산호 도장은 고개를 저었다.

"그래도 가기 전에 당한익에게는 말을 해야 합니다. 아니면 걱정할 테니까요."

"아, 그렇지. 그 녀석이 있었지?"

산호 도장이 다쳤을 때, 치료해 줬던 사람이 당한익이었다.

당의선룡 당한익.

구룡지회의 일원으로 사천당가의 자손이었다.

당문의 교육방식은 굉장히 냉정하고, 체계적이다.

태어나면 열 살까지는 함께 교육을 시킨다.

하지만 그 후에는 아이의 재능에 따라 크게 달라졌다.

우선 아이를 암기와 독에 재능이 있는 지 살핀다.

만약 어느 것에도 재능이 없다면, 본관에서 쫓아내고 제

삼(三)의 교육기관으로 향했다.

그곳에서 검이나 편, 단검술, 비도술 같은 무공을 배우거나, 그것에도 재능이 없으면 의술, 진법, 기관, 야금술 같은 제사(四)의 교육기간으로 더 내려간다.

일과 사의 교육을 받는 아이들의 차별은 심한 편이다. 그리고 그 차별은 늙어서 죽을 때까지 이어졌다.

때문에 독과 암기를 제대로 배운 아이들은 선택받은 소수였고, 대체로 오만하다는 평을 받았다.

그런데 당한익은 굉장히 독특했다.

그는 독과 암기 두 가지 재능을 동시에 타고났다.

태어날 때부터 백 년 민에 나타난 천재라며, 당문 사람들은 굉장히 기뻐했다.

기대에 부응하듯 구룡지회에도 가장 먼저 이름을 올렸다. 무림에서 두각을 드러냈고, 천재로 인정받기 시작했는데,

갑자기 사람이 변해버렸다.

아니 그동안 본래 성격을 참아왔던 걸까?

그는 무공 대신 의술로 빠져 버렸다.

이유는 알 수 없으나, 더 이상 무공 수련을 하지 않았고, 사람을 치료하는 데에 집중했다.

그 덕에 이립이라는 어린 나이에 의선이라는 별호를 얻었지만, 당문은 전혀 좋아하지 않았다.

그들의 입장에서는 얼마나 속이 타고 답답했을까? 그렇

게 당한익은 당문의 아픈 손가락이 되었다.

그후 당한익은 당문을 떠나 무림맹에 자리를 잡았다.

그리고 지금은 청해 무림에 잠시 머물렀는데, 진하도장이 산호 도장을 데려온 것이다.

두 사람은 곧장 당한익을 찾아갔다. 그리고 사정을 설명했다.

그러자 당한익은 딱 잘라 말했다.

"안 됩니다."

진하 도장이 물었다.

"아니, 왜 안 되는데? 그냥 문파간의 중재야. 혹시 일이 생겨도 내가 있잖아. 산호는 무공 쓸 일도 없을 거야."

"하지만 거기까지 가는데, 경공을 사용하겠죠. 보나 마나 전력을 다할 테고. 빨리 돌아오려고 쉬지 않고 달리겠죠. 아닙니까?"

"그건……, 그렇겠지?"

당한익의 표정이 매서워졌다.

"한 달 만에 벌떡 일어나니까, 그 상처가 가벼워 보이십니까? 전혀 아닙니다. 거의 죽다 살아난 겁니다. 만약 제가 없었거나, 영약의 도움이 없었다면, 최소 몇 년은 누워 있어야 했을걸요."

"흠흠."

진하 도장은 할 말이 없었다. 당한익은 이번에 산호 도장을 노려봤다.

“도장도 자각을 해. 새벽운동도 적당히 하고, 몸을 아끼란 말이야. 다시 침상에서 누워 있고 싶어?”

“흐음. 알겠네.”

당한익과 산호 도장은 나이가 같았다.

그리고 이번 기회에 통해 친해졌고, 말까지 놓게 되었다.

그때 문이 벌컥 열렸다.

“형님. 제가 대신 가겠습니다.”

그는 팔 척이 넘는 거한에 거대한 도를 메고 있는 사내였다.

얼굴은 상당히 앳돼 보였는데, 살짝 흥분한 상태였다.

거한 역시 구룡지회의 일원이었다.

오호패룡 팽고선.

오대세가인 하북 팽가의 적자였다. 그리고 성격이 밝고, 매우 낙천적이라 알려졌다.

하지만 당한익은 팽고선을 보자마자 인상을 썼다.

“아니, 내 방이 무슨 사랑방이야? 왜 여기로 모여서 난리를 피워?”

그리고 팽고선에게 소리쳤다.

"넌 무슨 소리야? 대신 어딜 간다고?"

"무당진룡 형님이 도움이 필요하다면서요? 제가 갈 수 있습니다. 아니, 제가 가서 도울 수 있게 해주십시오."

그는 열정적으로 소리쳤다.

하지만 당문익은 딱 잘라 거절했다.

"시끄러워. 쓸데없는 짓 하지 말고 여기서 기다려. 구령초가 이삼일 내로 온다고 했다."

"하지만 여긴 너무 심심하다고요."

"심심하면, 산호 도장처럼 산을 타던가!"

그때 진하 도장이 당한익에게 다시 부탁했다.

"그럼 경공은 조금만 사용하고, 말을 타고 갔다 오면 어떨까? 무림맹에서 급하다고 부탁한 일이야. 빨리 가야 해."

"그러니까 급하면 혼자 가세요. 혼자 처리할 수 있잖아요. 아니면 무당파 사제들을 데리고 가시든가요."

"사제들은 그 일 때문에 여전히 바빠. 그리고 나도 어서 이번 일 도와주고 넘어가야 한다고."

"아, 진짜 힘들게 하네. 그러니까 혼자 가요."

산호 도장도 당한익에게 말했다.

"조금 돌아가는 길이지만, 배를 타고 가는 방법도 있어. 그럼 몸에 부담되지 않을 거야."

당한익은 산호를 똑바로 쳐다보면서 물었다.

"휴우. 너 그렇게 가고 싶어?"

"가고 싶어."

"가면…… 적당히 할 수 있어?"

"조금이라도 힘들면 바로 물러서지. 약속할게."

"그럼 가라. 더 이상 귀찮게 하지 말고."

"고마워."

팽고선도 다시 끼어들었다.

"저는요. 저도 정말 가고 싶어요. 형님."

"너는 절대 안 돼. 여기 꼼짝 말고 있어. 만약 내 말 어기면, 나도 팽가에 안 간다."

"끄응."

팽고선이 하북성에서 청해까지 온 이유는 당한익 때문이었다.

팽가에 아픈 사람이 있었고, 치료를 위해서 당한수를 모셔 가려 했었다. 그리고 당한익은 치료에 필요한 재료인 구령초를 구하기 위해 무림맹 청해 지점에 들린 거였다.

"알았어요. 알았어."

팽고선은 툴툴거리면서도 따라가는 걸 포기했다. 지금은 그에게 맡겨진 일이 더 중요했다.

산호 도장과 진하 도장은 곧장 무림맹을 떠났다.

그리고 팽고선은 당한수 방에서 심심함을 달래고 있었다.

당한익은 귀찮다고 구박을 해도 끝까지 나가지 않았다.

"아까 허락해 주지 않으셨잖아요."

"그래서? 지금 시위하는 거냐?"

"네. 일종의 시위죠."

"이게 까불고 있……."

똑똑.

누군가 방문을 두드렸다.

당한익은 한숨을 쉬었다.

"휴우. 오늘 정말 왜 이러지? 내 방에 꿀을 발랐나? 사람들이 왜 계속 찾아오는 거야?"

"동생 있는가?"

문을 두드린 사람은 당비수였다.

당한익은 놀라서 문을 열었다.

"어엇. 형님이 여기까지 어쩐 일이십니까?"

"절도사 부인이 아프다고 해서 청해까지 올라갔었지. 일이 끝나고 잠시 들렀네."

"허어. 큰 걸음 하셨군요. 아무튼 안으로 들어오십시오."

당비수는 당한익의 사촌 형이었다.

어릴 때 독과 의술을 같이 배웠기에 꽤 친했었다.

다만 당한익은 무림맹으로 옮긴 후부터는 한 번도 보지 못 했다.

당비수는 팽고선을 보면서 물었다.

"이쪽은 누구신가?"

"신경 쓰지 마시오. 어린 불한당에 불과하니까."

"안녕하십니까? 팽씨 세가의 팽고선이라고 합니다."

"오호. 오호패룡이셨군. 나는 당비수라고 하네."

동시에 당한익은 팽고선에게 나가라는 손짓을 보냈고, 팽고선은 어쩔 수 없이 방을 나섰다.

같은 문파의 손님이 왔는데, 계속 있는 건 자신도 부담스러웠다.

"에구. 이제 난, 어디 가서 시간을 때우나."

그는 중얼거리면서 외전 쪽으로 향했다.

당한익은 차를 준비하면서 당비수에게 물었다.

"별일 없으셨죠?"

"나야 늘 똑같지. 독과 의학을 공부하다가, 환자가 생기면 치료하고."

"그래도 이번에는 정말 멀리까지 가셨네요. 청해 절도사의 부인이라니. 치료끝내고 바로 오신 겁니까?"

"아니야. 거기서 신수의원의 성의원을 만났는데, 말이 통하는 친구더군. 그래서 며칠 얘기를 하다가 천천히 온거네."

당한익은 놀라서 물었다.

"신수의원의 성의원을요? 저도 아직 못 만나 봤는데, 어떻던가요?"

"확실히 아는 것이 많더군. 의술의 깊이와 폭은 우리보다 나아. 물론 독이란 분야에 관해서는 우리가 압도적으로 우위에 있지만."

"역시. 신수의원은 역사가 깊고, 환자의 상태를 일일이 기록한다고 한다고 들었습니다. 또 다른 의원들도 언제든지 기록서를 열어 볼 수 있다고요.

"맞아. 그래서 젊은 나이에 배움이 깊은 거야. 그런 부분은 우리 당문이 본받아야 해."

"그렇죠. 우린 너무 패쇄적이에요."

당문도 역사가 깊고, 거의 모든 것을 기록한다.

하지만 그 자료는 아무나 열람할 수 없었다. 당문주를 비롯하여, 몇몇 사람들만 볼 수 있었다.

아랫사람이 보려면 절차가 복잡했다. 그리고 지식을 외부에 유출하는 날에는 큰 벌이 내려졌다.

보안을 위한 가칙이라지만, 지식의 전달을 방해하기도 했다.

두 사람은 그 부분을 지적했다.

"아무튼 내가 자네를 찾은 건, 다른 이유가 있어서야. 혹시 철경이라고 들어봤나?"

"철경요?"

당한익은 잠깐 기억을 더듬었다.

분명 들어본 적이 있는 이름인데, 언뜻 생각이 나지 않았다.

당비수는 그 철경이란 남자가 절도사의 부인을 치료했고, 그 치료법에 대해서 알려주었다.

당한익은 크게 놀랐다.

"대침을 머리에 찔러서 자면충을 잡았다고요? 아무런 망설임도 없이? 단 한 번에?"

"그렇다니까. 내 눈으로 똑똑히 봤네."

당한익은 듣고도 믿을 수 없었다.

머리를 열지 않고, 어떻게 그 작은 벌레를 잡았을까? 기의 흐름으로 벌레를 찾을 수 있을까?

아니다.

그것도 한계가 있었다.

"만약 그게 사실이고 우연히 아니라면, 의술에 혁신이 불겠군요."

"그렇지. 세상의 많은 병이 치료될 수도 있어."

"혹시 그 방법에 대해 정확히 물어봤습니까?"

"당연히 물어봤지. 하지만 말을 안 하더군."

"으음. 어쩌면 당연하지요. 자신만의 기술이니. 아니, 무공인가?"

당비수가 고개를 끄덕이며 공감했다.

"신수의원의 그 친구와도 그 얘길 나누었어. 사실 그 친구는 나보다 더 흥분했더군. 그리고 철경과 헤어질 때도 신수의원에 꼭 찾아와 달라고 부탁했었고."

"우리도 그래야 하지 않았을까요?"

당비수는 미소를 지었다.

"걱정할 필요 없네. 당삼재 어르신과 약속을 했으니까. 철경은 당문에는 반드시 나타날 거야."

"당삼재 어르신도 그 남자를 알고 있습니까?"

"아, 자네는 모르지? 몇 달 전에 여불위의 무덤에 당문도 참여했었어. 그때 당삼재 어르신이 갔셨는데……."

당비수는 자신이 들은 이야기를 전해주었다.

당삼재가 거기서 철경을 만났고, 철경에게 물건을 만들어달라는 부탁을 받은 것까지.

"놀랍군요. 당삼재 어르신이 누군가를 칭찬하는 경우는 굉장히 드문데."

"그렇지. 그리고 물건을 의뢰받는 일도 드문 일이야."

"아아. 그렇지. 저도 이제 생각났습니다. 철경이란 이름을 들은 적이 있습니다."

당한익은 기억을 더듬었다.

"곤륜신협이 다쳐서 얼마 전에 왔었는데요. 그가 철경이란 인물과 같이 지냈다고 들었습니다. 태전문에서요."

"그렇지. 그때도 태전문에서 왔다고 했었어. 곤륜신협은 지금 어디 있나? 만날 수 있을까?"

"으음. 방금 전에 이 자리에 있었는데. 안타깝게도 잠시 떠났습니다. 하지만 나중에 돌아온다고 하니, 형님도 그때 같이 만나 보시지요."

"흐음. 그럴까?"

이번에는 당비수가 물었다.

"그나저나 너는 왜 청해지부에 있나? 원래 무림맹 본단에 있었잖아."

"아아, 하북팽가에서 요청이 있었습니다. 그런데 몇 가지 약초가 부족해서요. 마침 청해지부에 있단 소리를 듣고 온 겁니다."

"으음. 맞아. 요새 약초 구하기가 너무 힘들어. 그래서 필요한 건 다 구했나?"

"다른 건 구했는데, 구령초가 없어서 기다리고 있습니다."

두 사람은 이야기를 주고받으면서 시간을 보냈다.

그 시각, 팽고선은 무림맹의 외전을 지나고 있었다.

너무 심심했다. 차라리 정말 산호 도장처럼 산이나 올라갈까 고민 하고 있었다.

그런데 정문 근처에 모여있는 사람들이 발견했다.

"우와."

"정말 예쁘다."

"지금까지 내가 본 여자들은 뭐였지?"

"넌 진실을 이제 알게 된 거야."

남자들만 스무 명 모여 있었고, 호기심이 많은 팽고선이 그냥 지나칠 리 없었다.

그쪽으로 다가갔다.

"뭐야? 무슨 일인데?"

"엇. 팽고선 님."

"어라? 너희는 회랑대잖아? 남궁보 형님도 같이 왔냐?"

"네. 저기 안에 계십니다. 아아, 이제 나오시네요."

접객당에서 한 사람이 나왔고, 그는 남궁보였다.

그리고 그와 함께 나오는 여자가 있었는데, 굉장한 미인이었다.

하늘거리는 몸매와 청초한 얼굴, 분명 남자들이 감탄할 정도였다.

하지만 의외로 팽고선은 큰 관심을 보이지 않았다.

"예쁘네."

그 한마디만 남기고, 남궁보에게 다가갔다.

며칠 전에 서녕에서 만났었고, 친분도 쌓았었다.

"남궁 형. 또 뵙는군요."

"오. 팽고선. 아직 여기 있었나?"

"생각보다 약초가 늦게 도착해서요. 그런데 어쩐 일로 여기까지 오셨습니까?"

"손님을 모셔 왔지. 아아, 혹시 조금 전의 소저를 봤나? 어때? 아름답지?"

"아아. 네에. 예쁘더군요."

팽고선은 심드렁하게 대꾸했다. 그 반응에 남궁보는 이상한 눈으로 쳐다봤다.

그리고 금방 이유를 깨달았다.

"아아. 그렇지. 자네에게는 여동생이 있었지?"

"네에?"

"좋겠네. 천하일색 여동생이 있어서."

팽고선의 여동생 팽아선 역시 하북제일미로 불릴 정도로 예뻤다. 삼 년 전에 그 정도였으니, 지금은 강북세일미로 언급될 정도였다.

"하긴, 그런 미녀를 매일 보는데, 다른 여자가 눈에 들어올 리 없지."

그제야 팽고선도 남궁보의 말뜻을 이해했다.

그는 손사래를 쳤다.

"아휴. 아닙니다. 다들 내 여동생 외모만 보고 오해하는데, 속은 완전 선머슴이에요. 장난 아닙니다."

"그래도 예쁘면 된 거지."

"그렇긴 하지만, 저는 저대로 고충이 있습니다. 외모가 다가 아니라는 걸 깨달았거든요. 형님. 예쁜 여자도 욕을 하고, 똥도 쌉니다. 어릴 때부터 그런 모습을 보면, 예쁜 여자에 대한 환상이 없어져요. 그러니까 이젠 아무리 예쁜 여자를 봐도 무심해지는 거죠."

"예쁜 여자에 대해 면역이 생긴다는 건가?"

"그런 셈이죠."

그래도 남궁보는 속으로 생각했다.

면역이 생겨도 좋으니, 예쁜 여동생을 가져봤으면 좋겠다고.

현재 남궁가에는 무뚝뚝한 남자들만 있을 뿐이었다.

"아, 그렇지. 자네가 관심을 가질 사람도 있다네. 용호대 대주 알지?"

"막하 대협요? 지난번에 갔을 때 인사드렸었죠."

"그분이 기다리던 사람도 기억하는가?"

"철경이란 남자였죠. 키가 저보다 훨씬 크다면서요? 커다란 검도 가지고 있고."

"그 사람도 같이 왔다네."

그러자 팽고선의 표정이 달라졌다.

눈빛이 반짝이며, 격양된 목소리로 말했다. 발도 동동거리는 것이 가만있질 못했다.

"어디 있습니까? 그 사람."

"그, 그렇게 좋은가?"

"네. 너무 보고 싶습니다."

조금 전과는 전혀 다른 태도였다.

남궁보는 피식 웃으면서 대꾸했다.

“안타깝지만, 기다려야 할 거야.”

“왜요?”

“방금 막하 대주님이 그 사람을 데리고 갔거든. 듣자 하니, 부주님을 뵙는다더군.”

“산정 진인님을요?”

이곳 무림맹의 청해지부의 책임자는 장성자(長星子) 산정 진인이었다. 그를 만나러 갔다면, 쫓아가기도 힘들었다.

‘젠장. 어쩔 수 없이 기다려야겠군.’

다만 궁금점은 더욱 커졌다.

왜 산정진인이 철경을 만나고 있을까?

장성자(長星子) 산정 진인은 현재 차기 무림맹 맹주로 언급되는 인물이었다.

그래서 두 사람의 만남이 더욱 궁금해졌다.

4장

궁금한 건 철경도 마찬가지였다.

무림맹에 도착하니, 신호는 방금 전에 떠났다고 한다. 그리고 뜬금없이 무림맹 부주를 만나라고 하니.

딱히 거절할 이유도 없었고, 한번쯤은 만나보고 싶었다.

철경은 산정 진인에 관한 정보를 떠올렸다.

그는 곤륜파의 인물이었다.

무공은 특출나지 않으나, 성품과 인성, 포용력이 뛰어나다고 알려졌다. 특히 식견이 대단하여 만나는 사람마다 칭찬을 아끼지 않았다.

곤륜파 문주를 선정할 때도 후보로 거론되었으나, 사형제와 겨루기 싫어 스스로 물러났다.

그 후에 다른 말이 나오지 않게 무림맹에 투신했다.

그리고 오 년 만, 청해 지점 부주가 되었다. 그 후로 십 년간 아무 문제없이 청해지부를 이끌고 있었다.

'최근 무림맹의 맹주가 나이가 많아서, 후계자를 거론하는데, 그중 유력한 후보라 했지.'

그 정도의 인물이라.

철경도 궁금해졌다.

막하는 곧장 부주의 집무실로 안내했다. 상당한 큰 곳이었다. 하지만 장식품은 거의 없었다.

수려한 글씨로 적힌 족자만 유일했다.

음수사원(飮水思源)

물을 마실 때 근원을 생각한다란 의미였다.

막하가 자랑하듯 설명했다.

"저는 청해 지부에 이십 년 가까이 있으며, 네 명의 부주님을 모셔왔습니다. 물론 다른 분들도 훌륭하지만, 현재 부주이신 산정 진인이 가장 뛰어나시죠. 언제나 근검절약하시고, 오 년 전과 지금이 똑같으십니다."

"……."

"저 글도 산정 진인께서 직접 쓰셨습니다. 힘이 느껴지면서 담백하지 않습니까?"

"그렇군요."

철경은 다른 건 몰라도 저 글귀의 내용은 마음에 들었다.

항상 근본을 잊지 않는단 뜻이다.

산정 진인의 입장에서는 곤륜파를 잊지 않는다거나, 곤

륜파를 그리워 한다는 의미일 것이다.

하지만 철경의 입장에게는 오직 하나뿐이다.

지금은 사부님 부탁으로 제자를 키우고, 여러 가지 부차적인 문제를 해결하고 있지만,

언제나 철경의 목적은 하나였다.

복수.

그것으로 시작해서 그것으로 끝날 것이다. 철경은 복수를 잊지 말자고 다짐했다.

"허허허. 미안하네. 내가 오라고 했으면서 기다리게 했군."

그때 산정진인이 나타났다.

그는 책에서나 볼 법한 신선 같았다.

하얀 수염에 하얀 머리카락, 부드럽고 차분한 목소리, 그리고 눈빛은 깊고 맑았다.

그는 철경을 향해 정중히 포권을 취했다.

"반갑네. 산정이라 하네."

처음 보는 사이고, 나이가 어린데도, 예의를 다했다.

철경도 포권을 취했다.

"철경이오."

"허허. 막하 대주에게 얘기를 들었네. 돌려 말하는 걸 싫어한다고. 그러니 나도 바로 말하겠네. 일단 앉게."

세 사람은 탁자 앞 의자에 앉았다.

산정진인은 맑은 눈빛으로 철경을 바라보았다. 그리고 물었다.

"자네의 목적은 무엇인가?"

"……."

"아, 너무 뜬금없었나? 꿈이라도 해도 무관하네. 자네가 이루고 싶은 걸 듣고 싶네."

말할 것 없이 복수였다.

하지만 이곳은 무림맹이고, 모용세가와 구도상관과 크게 연관되어 있었다.

함부로 말할 수 없어, 잠깐 생각했다.

그럼 뭐라고 대답할까?

문파의 부흥? 무림통일? 정의구현?

아니었다. 그런 건 관심 없었다.

거짓말을 해도 되지만, 왠지 산정 정인이라면 알아챌 것 같았다.

결국 철경은 말을 하지 못했다.

"개인적인 일이오."

"호오. 개인적인 일이라. 그렇지. 다른 사람에게 말할 수 없는 것도 있는 법이지. 부디 우리 무림맹과 관련 없기를 빌어야겠군."

묘한 어투였다.

철경은 더욱 표정을 숨겼고, 무표정으로 일관했다.

산정 진인은 가만히 바라보다가 다시 입을 열었다.

"사실, 내가 늦은 이유는 태전문에 관한 정보를 방금 받았기 때문이네. 태전문이 태전상단으로 바꾸고, 반건위가 총관을 맡았다더군."

"……."

"허허. 우리 무림맹이 개방의 도움을 많이 받지만, 나름의 정보력도 있는 편이지."

그가 다시 물었다.

"그대는 태전상단과 무슨 관계인가?"

"……식객으로 있소."

"식객이라. 그럼 삼대룡이라 칭하는 사람들은 모두 식객인건가?"

"그렇게 궁금하면, 산호 도장에게 물어보면 되잖소?"

산호 도장 역시 삼대룡 중 일원이었다. 그리고 같은 곤륜파이니 묻기도 편할 것이다.

산정진인은 웃으면서 대답했다.

"허허. 물론 산호 사제에게 물어봤다네. 그런데 약속을 했다고, 한마디도 안 하더군. 이젠 나보다 무공이 높은 것 같아 때릴 수도 없고. 허허허."

아무래도 산호 도장은 철경과의 약속을 잘 지키는 것 같았다.

철경이 입을 열었다.

“나 역시 마찬가지요. 약속한 것이 있어, 말할 수 없소.”

“그럼 어쩔 수 없지.”

산정 진인은 쉽게 포기했다.

보기보다 가늠하기 힘든 사람이었다.

“혹시 부탁을 해도 될까?”

“거절하오.”

“들어보지도 않고?”

“할 일이 많소.”

“허허. 바쁜 사람이었군. 그럼 이렇게 하지. 내 얘기를 들어만 주게. 어떤가?”

철경은 아무 말도 하지 않았다.

산정진인은 벌써 입을 열었다.

“최근 청해 무림에 이상한 조짐이 보인다네. 각종 약초들이 사라지고 있지. 뒷산에서 구할 수 있던 흔한 약초조차 구하기 힘든 상황이야.”

“…….”

“우리는 약초의 흐름을 추적했지. 그리고 수상한 세력을 발견했다네. 암중으로 약초를 사들이고 있더군. 뭐, 약초만 샀으면 아무 문제 없겠지만, 그들은 우리 측 무사들을 다 죽였네. 근처에 있던 일반인까지 모두.”

나중에 확인해 보니, 먼저 공격한 것도 아니었다. 그쪽에서 먼저 검을 휘두른 정황이 나타났다.

"일반인들까지 죽이고, 정체를 숨긴다? 너무나 수상했지. 그래서 그 세력을 계속 쫓았고, 무려 오 년 이상 암중으로 활동한 걸로 드러났다네. 그리고 이상한 일들을 벌이는데, 그중에는…… 자면충이란 벌레를 사람의 몸속에 집어넣는 것도 포함된다네."

그제야 철경도 관심을 보였다.

산정진인은 고개를 끄덕였다.

"맞네. 자네가 절도사를 치료했다는 말을 들었네. 그래서 처음에는 자네를 의심했지. 하지만 알아보니, 오히려 반대더군. 자네는 그들을 방해하고 두 명이나 치료해 주었어."

"……."

"혹시 알고 있나? 자면충에 감염된 사람은 절도사 부인이나 태전문주뿐이 아니네. 약 십여 명이나 더 있네."

철경도 그 벌레를 뿌린 세력이 있을 거라 생각했다. 그런데 무림맹에서 그들에 관한 이야기를 들을 줄은 몰랐다.

"청해뿐 아니라, 감숙성까지 퍼져 있지. 그리고 지금까지 자면충을 치료한 사람은 없었네. 자네만 제외하고 말이야."

"그러니까, 그들을 치료해 달라는 거요?"

"그렇네."

철경은 잠시 생각한 후에 물었다.

"그 암중 세력에 대해 조금 더 듣고 싶소."

"안타깝게도 쉽지 않은 상대야. 석 달이나 조사했지만,

말한 것 외에는 정보가 없어. 오 년이나 활동했는데, 이제 발견된 것만 봐도 알 수 있지. 그들은 조직적이고, 아주 조심스럽게 움직이고 있어."

"절도사 감옥에 자면충을 투약한 의원을 한 명 잡아두었소."

"우리도 알고 있다네. 이미 그를 데리러 출발했지."

철경은 부주의 제안을 고민했다.

솔직히 자면충을 뽑아내는 일은 어렵지 않았다. 금륜안으로 보고, 대침을 찌르면 그만이니까.

다만 환자들은 곳곳에 흩어져 있고, 그들을 찾아가는 것이 힘들었다.

철경이 말했다.

"나는 무슨 일이든, 공짜로 하는 걸 좋아하지 않소."

"그렇군. 혹 원하는 게 있는가?"

"첫째, 아픈 사람들을 한곳으로 모아주시오. 일일이 돌아다니면서 치료할 시간 없소."

"그렇게 하지."

산정진인은 시원하게 대답했다.

"두 번째는 그 암중 세력에 관한 정보를 공유해 주시오."

"그것 역시 승낙하겠네."

"마지막으로 나에 관한 조사를 멈춰주시오."

처음으로 산정진인은 대답하지 않았다. 그는 묘한 눈빛

으로 쳐다봤다.

"알고 있었나?"

철경은 고개를 끄덕였다.

태전상단을 출발하기 전, 경아인이 언급했었다.

본인을 조사하는 부류가 있다고.

무림맹에서 조사했으면, 부주가 모를 리 없었다.

철경은 정확히 집었다.

산정진인이 직접 철경에 대해 조사를 명령했었다.

그의 과거와 무림에서 벌였던 일들을 샅샅이 끌어모으고 있었다.

철경은 말을 이었다.

"그리고 나에 관한 정보는 무림맹 본단에 알리지 마시오. 없는 사람 취급을 해주길 바라오."

"그러니까 숨겨 달라는 거군."

"가능한 오랫동안."

"으음."

산정진인의 대답이 길어졌다.

무림맹의 부주는 보고의 의무가 있었다.

청해지부에서 벌어진 일들은 무림맹의 본단에 무조건 알려야 한다.

물론 그 일이 아무것도 아니라면 상관없었다. 하지만 만약 그 일이 크게 번진다면, 그래서 무림맹이 피해를 입는다면?

부주는 직무태만의 혐의로 혐의를 받을 수 있었다.

그리고 철경 같은 경우에는 큰일을 벌릴 것만 같았다.

결국 산정진인의 입장에서는 둘 중 하나를 선택해야만 했다.

철경을 눈감아 주고, 십여 명의 자면충 환자를 치료할 것인가?

아니면 자면충 환자를 포기하고, 무림에 큰일을 낼 것 같은 철경을 무림맹에 알려야 할까?

산정진인은 철경을 가만히 쳐다봤다.

철경의 눈빛은 단단했다.

그 어떤 일이 있어도 자신의 의지를 관철하겠다는 의지가 엿보였다.

그럼 그가 원하는 것은 무엇인가?

그게 뭔지 몰라도 그걸 이루기 위해서는 절대 멈추지 않을 것이다. 어떤 희생을 치르더라도, 몇 명을 죽여서라도 반드시 끝을 낼 사람이었다.

'자칫 열 명을 구하려다, 수백, 아니 수천 명을 죽일 수도 있다.'

산정진인의 고민은 더욱 깊어졌다.

그때 철경이 물었다.

"산호 도장은 괜찮소?"

산정진인은 그 질문을 듣는 순간, 머릿속이 정리되었다.

'아아. 그렇구나. 내가 그걸 놓치고 있었어. 허허허.'

그는 사제인 산호 도장을 떠올렸다.

산호는 순수했다.

고집이 있지만, 누구보다 착하고, 생명을 중시하는 사람이었다.

그런 사람이 철경이란 남자와 같이 있었다.

여불위의 무덤 때부터 사흑파와 싸울 때까지, 몇 개월을 같이 움직였다.

만약 철경이 나쁜 사람이라면, 산호가 같이 있었을까?

아니다. 번저 알아봤을 것이다.

그리고 크게 다친 후에 철경에 관한 비밀도 지키진 않았겠지.

산호 도장은 철경을 신뢰했고, 믿고 있었다.

그걸 말투에서 느낄 수 있었다.

철경도 마찬가지다.

그가 산호를 이용만 하려 했다면, 귀한 약초를 선뜻 내주진 않았을 것이다.

그리고 여기까지 와서 안부를 물어봤을 리 없다.

'두 사람은 서로를 믿고 있다.'

산정진인은 자신의 안목보다 산호를 믿었다.

그래서 산호가 믿는 철경도 믿어보기로 결심했다.

"백 일 후에 이곳으로 다시 오겠나? 환자들을 모아놓지."

"부주님."

옆에서 지켜보던 막하가 걱정스럽게 물었다.

그도 돌아가는 상황을 파악했고, 부주가 걱정되었다.

"정말 괜찮으시겠습니까?"

"걱정 말게. 내가 다 책임지겠네."

만약 자신이 틀렸으면, 벌을 받고 곤륜으로 돌아가야지.

그는 마음을 비웠다.

"참, 막 대주는 아픈 사람들에게 전서구를 보내주겠나? 치료 방법이 있으니, 이쪽으로 와달라고 말이야. 혹시 어렵다고 한다면, 지원을 해주게."

"알겠습니다."

막하 대주는 산정진인과 철경을 한 번씩 보고 밖으로 나갔다.

그 후, 산정진인은 철경에게 말했다.

"자네에 관한 조사는 책임지고 멈추겠네. 그리고 나는 무림맹에 보고 하지 않을 거야. 하지만 개방이나 다른 문파들은 보고할 수 있다네. 내가 그것까진 막을 순 없어."

"알겠소."

그것만으로도 괜찮은 거래였다.

철경은 부주의 집무실을 나왔다.

이제 산호 도장이 돌아오기만 기다리면 된다. 그때까지

철경은 조용히 지낼 생각이었다.

하지만 그 결심은 곧바로 깨어졌다.

그를 기다리는 사람들이 있었다.

철경을 기다리는 이들은 백리세가 사람들이었다.

두 명인데, 그들 중 한 명은 사흑파와 싸울 때, 도와줬던 남자였다.

그가 철경에게 다가왔다.

“철 대협. 저를 기억하십니까? 백리세가의 백리현이라고 합니다.”

“기억하오.”

“지난 번 사흑파 일로 저희 세가에 방문해 주시기로 하셨잖습니까?”

철경은 내색은 하지 않았지만, 상당히 귀찮음을 느꼈다.

할 일도 많은데, 언제 감숙성에 있는 백리세가까지 간단 말인가?

그래도 약속을 했으니, 지킬 생각이었다.

그때 백리현이 생각지도 못한 말을 꺼냈다.

“저희가 지금, 매우 곤란한 상황에 놓였습니다. 도움이 필요한데, 저희를 도와주십시오. 그럼 군이 백리세가까지 안 오셔도 됩니다. 그러니까…….”

“알겠소. 그렇게 합시다.”

철경이 말을 끊었다.

백리세가까지 가는 것이 아니라면, 웬만하면 도와줄 생각이었다.

백리현은 반색을 하며 반겼다.

“감사합니다. 대협.”

다만 같이 온 백리세가 사람은 그렇게 반기는 기색은 아니었다.

백리현이 말했다.

“그럼 대협. 조용한 곳으로 가서 얘기를…….”

“잠깐만!! 잠깐만 기다려 주시오.”

팔 척 거한이 이쪽으로 달려오면서 소리쳤다.

오호패룡 팽고선이었다.

그는 철경을 보더니, 눈을 떼지 못하고 다가왔다.

“당신이 그 철경입니까?”

“…….”

“나는 팽고선이라고 합니다. 하하하. 정말 소문대로 크시군요. 우리 집안에도 나보다 큰 사람은 몇 없는데, 혹시 키가 얼마나 됩니까? 보니까 구 척은 넘는 것 같은데.”

“…….”

“하하하. 크니까 불편하지 않습니까?”

그는 유쾌하게 웃으면서 말을 걸었다.

하지만 철경은 한 번도 웃지 않았다. 특유의 표정 없는 얼굴로 가만히 지켜보았다.

팽고선은 머리를 긁적이며 물었다.

"저어, 혹시 말을 못 하시나요?"

"……."

"그래도 괜찮습니다. 아, 말을 들으실 순 있으시죠?"

팽고선은 덩치와 어울리지 않게 말을 많은 편이고, 친화력이 좋았다.

철경이 말을 하지 않아도 계속 떠들었다.

결국 철경이 입을 열었다.

"나를 왜 찾아왔소?"

"오오. 말을 하실 수 있네."

"나는 그쪽을 처음 보는데."

"아, 그러니까 우린 비슷한 처지에 있으니까요. 철형이 나보다 더 크니까, 더 힘들긴 하겠지만…… 이렇게 만난 것도 인연인데, 서로의 고충도 얘기하면서 술도 마시고, 친분을 쌓아보자는 거지요."

"거절하오."

철경은 그를 무시하며, 지나치려 했다.

그런데 팽고선을 쫓아오면서 물었다.

"아니, 왜요? 삭막한 무림에서 이렇게 친분을 쌓으면 좋지 않습니까?"

"시간 없소."

백리현에게 빨리 가지고 손짓을 보냈다.

백리현은 급히 앞으로 나서면서 자신들의 방으로 안내했다.

하지만 팽고선은 이대로 물러설 생각이 없었다. 그는 멀리서 세 사람을 쫓아갔다.

그러자 백리세가 사람들이 신경이 쓰였다.

하북팽가란 이름은 가볍지 않다.

그리고 팽고선 개인도 오호패룡이라 불리며 후기지수에서 손꼽히는 기재였다.

결국 걸음을 멈추고, 철경에게 부탁했다.

"사실 저희들은 여러 사람들의 도움이 필요한 실정입니다. 괜찮으시면, 팽고선 대협도 같이 모셔도 괜찮을까요?"

철경은 마음에 들지 않았다. 하지만 지금은 본인 생각보다 백리세가 의견이 중요했다.

"마음대로 하시오."

"감사합니다."

백리현은 팽고선에게 달려갔고, 팽고선은 싱글벙글 웃으면서 소리쳤다.

"하하하. 좋습니다. 제가 무슨 일이든 도와드리겠습니다."

무림맹 내에 백리세가의 사람들이 배정받은 방이 있었다.

모두 그 방으로 들어갔고, 백리현은 빠르게 설명했다.

"먼저 저희 백리세가 쪽 사정을 짧게 말씀드리겠습니다. 아시겠지만 저희는, 오십 년 전 작은 소문파에서 시작하였습니다. 그러다 전대문주 때부터 세력을 키웠고, 이제는 어엿한 중견문파까지 성장했죠."

지금도 세가 전체가 힘을 모아서, 세력을 키우고 있었다.

하지만 천안검문이 문제였다.

"감숙성에는 수많은 문파가 있습니다. 하지만 천안검문이 장악하고 있지요. 그들은 저희 백리세가를 견제하고, 세력을 키우지 못하게 방해하고 있습니다."

그 압박감은 생각보다 심했고, 백리세가는 극복하기 위해서 여러 방안을 찾고 있었다.

"사실 철경 대협을 초청한 것도 그것 때문입니다. 천안검문에게 보여주는 효과도 있고, 더불어 태전문과 협약을 맺어 감숙과 청해에서 서로를 도와주는 협력 관계를 형성할 수는……."

"급하다고 하지 않았소?"

"아, 그렇죠. 흠흠. 사실 어젯밤에 저희 막내가 서녕에 도착할 예정이었습니다. 오늘 새벽까지 기다렸는데, 마차가 도착하지 않는 겁니다. 놀라서 급히 수색에 나섰고, 마차는 찾았습니다. 그런데…… 저희 막내만 사라진 겁니다."

서녕에 도착하기 전날, 객잔에서 하룻밤 묵었다고 한다.

그런데 그날 밤 백리세가 막내공자가 사라진 것이다.

같이 온 일행들은 납치당했다고 생각하여, 주변 일대를 전부 뒤졌다.

하지만 지금까지 찾지 못했다.

"천안검문 놈들이 분명합니다. 그놈들이 우리 막내를 납치한 겁니다."

지금까지 조용히 있던 백리세가 무사가 소리쳤다. 백리현은 그를 진정시키며, 철경에게 말했다.

"저희는 천안검문을 의심하고 있습니다."

"이유가 있소?"

"우리 막내는 전대 문주님을 연상시킬 정도로 뛰어난 무재입니다. 어쩌면 우리 세가에서 초절정 고수가 나올 수도 있다고 기대하고 있죠. 그럼, 지금은 몰라도 다음 대에는 천안검문을 넘어설 수 있습니다."

천안검문 입장에서는 백리세가의 기대주가 눈에 거슬렸을 것이다.

그러니 문제가 될 수 있는 씨앗은 미리 잘라버린 게 아닐까?

그런 부분을 걱정하고 있었다.

이번에는 팽고선이 물었다.

"하지만 굳이 청해에서 납치할 이유가 있을까요?"

"감숙성에서 납치를 하면, 곧바로 우리 백리세가와 전쟁이니까요. 그러니 거리가 있는 청해에서 그런 짓을 저지른 겁니다."

"그건 짐작일 뿐이오. 증거가 아니오."

철경이 냉정하게 말했다. 백리현도 고개를 끄덕였다.

"맞습니다. 하지만 증거도 있습니다. 막내가 머물렀던 객잔 근처에서 강선검문의 무사들을 봤다고 합니다. 그리고 막내가 사라지고, 그들도 없어졌죠."

"강선검문이라면?"

"천안검문 문주와 사돈관계인 문파입니다. 아주 친밀한 관계로, 그들이 막내 공자님을 납치한 겁니다."

"그것 역시 짐작……."

"저희가 직접 강선검문을 찾아갔었습니다. 막내를 찾기 위해서 아주 잠깐만 집안을 둘러보려 했는데, 극구 거부하더군요. 심지어 검까지 들면서 싸우려 했습니다."

"숨기고 있다는 방증이 아닙니까? 그들이 분명합니다."

백리세가 사람들은 확신에 찬 얼굴이었다.

철경은 속으로 한숨이 나왔다.

강선검문 입장에서는 당연한 반응을 보였을 뿐이다.

세상에 어떤 문파가 무턱대고 집안을 보여줄까? 더구나 백리세가는 천안검문과 적대관계에 있는데.

물론 백리세가 쪽도 이해는 되었다.

집안에서 아끼는 막내가 사라졌고, 아무런 단서도 없다.

시간은 흘러가고, 마음이 급할 것이다.

'하지만 너무 조급해.'

마치 범인은 무조건 천안검문이라고 확정 짓고, 증거를 억지로 맞추는 것 같았다.

철경이 물었다.

"그래서 내게 원하는 것이 무엇이오?"

"저의와 같이 강선검문으로 가주십시오. 철 대협의 압도적인 무위를 본다면, 얌전해질 겁니다."

한 마디로 무력으로 굴복시켜달라는 뜻이었다. 하지만 왠지 이용당하는 느낌이 들었고, 아이가 있을지 확실지도 않았다.

"아무래도 정보가 부족하오. 먼저 무림맹에 도움을 요청하는 건 어떻소?"

"무림맹은…… 곤란합니다. 천안검문도 무림맹 소속이니까요. 저희보다 입지도 좋으니, 분명 무림맹에서는 저희보다 천안검문 편을 들 겁니다."

백리세가는 필요 이상으로 천안검문을 견제하고 있었다.

팽고선이 의아해서 물었다.

"그럼 개방이나 무영문은 어떻습니까? 특히 사람 찾는 일은 개방이 잘합니다."

정보를 다루는 문파 중에서 가장 유명한 곳이 세 곳이다.

하오문, 개방, 무영문.

하오문은 사파와 관계가 좋았고, 무영문은 특정 정보를 구하는 일에 특화되었다.

그리고 개방은 인원이 제일 많아, 무언가를 찾는 일에 최고였다.

더구나 그들은 항상 중립을 유지했다.

백리현이 곧바로 대답했다.

"당연히 개방을 찾아갔습니다. 하지만 분타주를 만나지도 못했어요. 겨우 일결 제자만 만났고, 도와준다고 약조는 했으나…… 대응이 뭔가 미진합니다. 백의개 몇 명만 서녕을 돌아다니고 있더군요."

개방의 거지들은 짤막한 새끼줄에 매듭을 묶고 다닌다.

이것으로 직위를 표기하는데, 매듭이 없는 백의개는 개방에 들어온 지 삼 년이 안 되는 수습 거지였다.

그리고 일결은 겨우 개방의 정식 단원이 된 새끼 거지다.

최소한 삼결인 분타주 정도는 나서줘야, 일대의 거지들을 총동원할 수 있었다.

다른 백리세가 무사도 화가 난 듯 개방을 씹었다.

"화가 나서 이름도 알고 있습니다. 서녕을 담당하는 분타주가 노주홍이라 하더군요. 이 거지가 얼마나 책임감이 없는지, 심심하면 자리를 비운다고 합니다. 당연히 서녕의 거지들은 기강이 무너졌고, 다른 문파가 부탁해도 시늉만 한답니다."

"그럼 무영문은 어떻습니까? 개방보다는 못하지만, 도움될 겁니다."

"무영문도 요즘 이상합니다. 내부적으로 문제가 있는지, 전 지부장이 사임하고, 아직 새로운 지부장이 정해지지 않았다고 하네요."

백리현이 한마디 더했다.

"그리고 무영문 역시 천안검문과 더 친해서 올바른 정보를 줄지 의심스럽긴 합니다."

이쯤 되면 백리세가가 천안검문에 피해의식이 있는 게 아닐까?

그런 의심이 들 정도였다.

철경은 잠시 생각했다.

어찌되던 상황은 쉽지 않았다. 아이를 찾아야하는데, 한 두 명으로 해결될 일이 아니었다.

그렇다고 무작정 강선건문으로 쳐들어가는 것도 좋아 보이지 않았다.

'일단, 그 아이가 사라졌다는 객잔으로 가 볼까?'

아무래도 거기서 시작하는 것이 나을 것 같았다.

그때 팽고선의 자신 있는 목소리가 들렸다.

"개방의 노주홍 대협, 제가 어디 있는지 알고 있습니다."

철경과 백리세가 사람들은 그를 바라봤다.

노주홍이 어디 있는지 안다면, 빨리 말을 하면 되는데,

무슨 생각인지 팽고선은 거기서 말을 끊었다.

싱글싱글 웃으면서 철경만 바라봤다.

"휴우."

철경은 자리에서 일어섰다. 그리고 백리세가 사람들에게 말했다.

"여기서 잠시 기다리시오."

"네에."

"팽 공자는 나에게 먼저 할 말이 있는 듯하오. 빨리 해결하고 돌아오겠소."

"하하하. 역시 눈치가 빠르시군요."

철경은 문밖으로 나갔고, 팽고선은 신이 나서 따라갔다.

그의 낯짝은 생각보다 두꺼웠다.

밖으로 나와서 철경이 물었다.

"내게 원하는 게 뭐요?"

"아까 말씀드렸듯, 술이나 한잔하고 친하게 지내려는……."

"아니, 그런 것 말고, 진짜 하고 싶은 걸 말해보시오."

그러자 팽고선의 눈빛이 날카롭게 변했다. 동시에 자신의 도를 슬쩍 건드렸다.

"당신이 그렇게 강하다고 들었습니다. 저와 한번 자웅을 겨뤄봅시다."

"여기서?"

"그렇소."

"무림맹 내에서 비무는 금지라 들었는데?"

"아차차, 그렇지."

무림맹 내에서도 비무를 할 수 있다. 하지만 그 절차가 매우 복잡했다.

당주 세 명이 참관인으로 있어야 하고, 약왕당의 의원도 불러와야 한다.

심지어 부주의 허락까지 받아야 했다.

상당히 귀찮은 일이었다.

"그럼 밖으로 나갈까요?"

철경은 고개를 저었다.

"시간 없소. 대신 남자답게 간단히 합시다."

"간단히요? 좋죠. 남자답게는 더 좋습니다. 어떤 고견이 있는지 들어볼까요?"

"서로 한 번씩 공격합시다."

팽고선의 눈이 반짝였다.

한 번씩 상대를 공격한다?

무기를 들고 겨루는 비무가 아니란 뜻이다.

"그러니까 공격할 때는 반격은 안 되고, 막기만 하자는 거죠?"

"그렇소."

"그런데 공격하고 막는다면, 승자는 어떻게 정합니까?"

철경은 검을 뽑았다.

스르릉.

보기만 해도 묵직함이 느껴지는 커다란 검이었다. 그는 검의 끝을 바닥에 대고 크게 원을 그렸다.

바닥에 반경 일 장 정도의 커다란 원이 만들어졌다.

"이 원에서 나가는 쪽이 진 걸로 합시다."

"오오. 재미있겠는걸요?"

"그리고 당신이 지면 노주홍을 찾아주고, 내가 지면 술이라도 한잔하겠소. 정식으로 비무를 해도 괜찮고."

"아주 좋습니다."

팽고선은 만족스러운 미소를 지었다. 딱 그가 원하던, 재미있는 일이었다.

스릉.

팽고선도 자신의 도를 뽑았다. 그리고 다시 물었다.

"아, 그런데 만약 둘 다 원에서 나가면요?"

"그건, 그때 가서 생각합시다."

"좋습니다. 아차차, 한 가지만 더요. 누가 먼저 할까요? 제비뽑기로 정할까요?"

"선수를 양보하겠소."

철경은 아무렇지도 않게 말했다. 그 말에 팽고선은 기분이 살짝 나빠졌다.

'오호라. 내가 어려 보인다고 봐주는 것 같은데. 흥. 후회하게 만들어주지.'

그는 도를 꽉 움켜쥐었다.

"그럼 사양 안 하겠습니다."

말이 끝나기 무섭게 내공을 힘껏 끌어올렸다.

파르르르.

혼원신공.

하북팽가의 독문내공으로 그의 옷자락이 찢어질 듯 펄럭였다.

하북팽가의 자손들은 타고난 신력과 빼어난 근골을 가지고 있었다. 그리고 거기에 걸맞은 강력한 내공. 혼원신공.

특히 그중에서 백미는, 중원삼대 도법 중 하나라는 오호단문도였다.

팽고선은 그 세 가지를 다 가지고 있었다.

"호천위!"

사선으로 강하게 내리찍는 초식은 마치 거대한 호랑이가 발톱으로 내리찍는 것 같다.

까강.

철경은 검을 들어 그의 도를 막았다.

하지만 상당한 강력한지, 한 걸음 뒤로 물러섰다.

'흥, 뭐야? 별거 아니잖아.'

팽고선으로 속으로 살짝 비웃었다.

지금 공격은 전력이 아니었다.

내공은 오성만 사용했고, 오호단문도의 기초 초식을 선보였다.

그냥 인사 차원에서 맛만 보여준 거였다.

그런데 철경은 달랐다.

그는 사실 일부러 한 걸음 물러섰다. 즉 거리를 확보하기 위해서였다.

팽고선이 희희낙락하며 도를 거두기도 전이다.

철경의 몸이 활처럼 휘면서 앞으로 튀어 나갔다. 다리에 얼마나 힘을 줬으면, 바닥이 깨졌다.

그는 생어토결을 중심으로 천뇌전공을 섞었다. 묵직하면서 빠른 내공이 온몸으로 퍼졌다.

그리고 초식은 파천붕검의 천파.

진천문의 기본검법인 파천검에 철경이 깨달은 초식을 섞은 검법이었다.

특히 천파는 청살귀존 허한상과 싸우면서 얻은 무리가 담겨 있었다.

한 마디로 철경이 할 수 있는 가장 강력한 초식이 펼친 것이다.

푸아아악.

풍압부터 달랐다.

얼굴 가죽이 벗겨질 정도로 강한 바람이 몰아쳤다. 그리고 진득한 살기가 태풍처럼 감쌌다.

팽고선 입장에서는 목숨의 위협을 느꼈다.

'주, 죽는다.'

이건 검을 받고 말고의 문제가 아니었다.

무조건 피해야 한다.

다만 지금 팽고선은 공격한 직후라 자세가 흐트러져 있었다.

이런 상황에서 제대로 된 임기응변이 나올 수 없었다.

그저 본능이 시키는 대로 움직였다.

급하게 도를 들어 앞을 막으면서 몸을 숙였다.

그 모습을 보고, 철경은 살짝 검의 궤도를 비틀었다.

콰콰콰쾅.

본래 그의 검은 팽고선의 머리 위로 떨어지고 있었다.

하지만 살짝 비틀어서 어깨로 떨어졌고, 그의 도와 부딪쳤다.

카캉

콰르르르

팽고선은 살짝 빗맞았는데도 오 장이나 튕겨 나갔다.

굴욕적으로 바닥을 여러 번 굴러다녔고, 여기저기 상처가 생겼다.

어깨가 아프고, 손목은 탈골된 것 같았다. 또 팽고선이 아끼는 도의 날도 크게 상했다.

하지만 팽고선은 그것보다 바로 옆에 난 검의 자국을 보고 더욱 놀랐다.

철경의 검에서 흘러나온 강렬한 검기는 땅바닥을 긁으며 벽까지 뚫어버렸다.

바닥은 깊이가 보이지 않을 정도로 깊었고, 그 길이는 십여 장을 넘어섰다. 두꺼운 벽을 부순 후, 그 너머까지 흔적이 남아 있었다.

팽고선은 놀라서 소리쳤다.

"이, 이보시오. 나를 죽일 심산이오?"

철경은 무심하게 대답했다.

"나는 최선을 다했을 뿐이오."

그 말에 팽고선은 입을 다물었다. 철경에게 할 말은 많았다.

세상에 이런 법이 어디 있나?

나는 처음에 약하게 하고, 점점 강하게 하는 줄 알았다.

한 번씩 초식을 주고받아야 재미가 있지. 이러면 무슨 재미가 있나?

하지만 철경의 진지한 눈빛을 보니, 감히 그런 말을 못했다.

자신은 장난처럼 했는데, 그는 진심으로 상대해 주었으니.

'선수를 양보한 것도 나를 얕잡아 본 것이 아니었어.'

후수의 탄력을 얻기 위해서, 즉 이기기 위해서 양보한 것이다.

그런 사람에게 장난처럼 하려 했다고 말할 수 있을까?

도를 뽑는 순간, 최선을 다해야 된다고 배웠는데?

팽고선은 아주 오래전 배웠던 가르침을 떠올렸다. 자신이 한 행동이 부끄러웠다.

그는 옷을 탈탈 털면서 일어섰다.

웃음기를 싹 지우고, 정중하게 포권을 취했다.

"졌습니다. 잘 배웠습니다."

진심이었다.

그리고 앞으로 절대 이러지 않겠다고 다짐했다.

철경은 자신의 검을 집어넣으며 물었다.

"노주홍은 어디 있소?"

"저어 사실, 나는 모릅니다."

아까와는 말이 달랐다. 철경이 노려보자, 팽고선이 황급히 말을 이었다.

"하지만 어디 있는지 아는 사람이 있습니다. 제가 책임지고 그 사람을 데려오겠습니다."

"빨리 데려오시오."

"넵."

팽고선은 서둘러 달려갔다.

무림맹 내부에서는 무공을 사용하면 안 된다.

그런데 벽에 커다란 구멍을 내놨으니, 수습하느라 꽤 힘들었다.

여기저기 사과하고, 돈도 제법 들어갔다.

그사이 팽고선은 손목을 치료하고 돌아왔다. 그리고 한 사람을 데려왔다.

철경과 백리세가 사람들에게 상황을 설명했다.

"사실 저는 노주홍 대협과 친하지 않습니다. 하지만 그분이 어디 있는지 아는 사람을 데려왔습니다. 이 분입니다."

팽고선은 뒤에 있는 당한익을 소개했다.

"당한익입니다."

"철경이오."

"백리세가의 백리현입니다."

본래 당한익은 여기까지 따라올 생각이 없었다.

하지만 철경이라는 한 마디에 몸을 일으켰다.

방금 전까지 당비수와 얘길 나눴던 사람이 눈앞에 있다니.

당한익은 철경을 신기하게 바라보았다.

안타깝게도 당비수는 볼 일이 있다며 반 시진 전에 떠났었다. 같이 있었다면, 좋았을 텐데.

'아무튼 당삼재 어르신이 극찬했다는 남자라.'

그 부분이 가장 궁금했다.

철경이 당한익에게 물었다.

"노주홍이 어디 있는지 안다고 들었소."

"알고 있습니다. 그리고 백리세가의 안타까운 일도 들었습니다. 그가 어디 있는지, 바로 안내해 드리죠."

"고맙소."

"하지만 그분을 설득하는 일은 쉽지 않을 겁니다. 그분도 사정이 있거든요."

백리현이 대신 나서서 감사를 표했다.

"알려만 주시면, 나머지는 저희가 알아서 하겠습니다."

당한익은 고개를 끄덕인 후, 곧바로 앞장섰다.

무림맹을 벗어난 후 북쪽으로 향했다.

아이가 납치되었다고 하니, 그도 서둘렀다.

서녕으로 가는 길목에 작은 객잔이 하나 있었다.

하지만 금방이라도 무너질 듯 허름했다. 그리고 산 비탈길로 한참 올라가야했다.

그래서 손님이 없었고, 허리가 구부정한 할머니 혼자 운영하고 있었다.

당한익은 그 객잔 앞에 섰다.

"잠시 기다려 주시겠습니까? 노주홍 대협은 이 근처에 있는데, 아무래도 제가 먼저 말을 해야할 것 같습니다."

"감사합니다."

"아, 그리고 부탁드릴 것이 있는데, 지금은 저 객잔으로 가지 마십시오. 이유는 나중에 설명 드리겠습니다."

다소 뜬금없는 부탁이지만, 사람들은 고개를 끄덕였다.

당한익은 다시 한 번 당부한 뒤, 혼자 숲속으로 들어갔다.

그리고 이곳에서 십여 장 거리에 있는 나무 위에서 노주홍를 발견했다.

그는 두꺼운 나뭇가지 위에서 누워 있었다.

당한익은 나무 밑으로 가서 인사를 했다.

"오랜만에 인사드립니다. 노주홍 대협."

하지만 노주홍은 조용했다.

아무런 대답도 하지 않았고, 당한익은 다시 입을 열었다.

"일단 사죄부터 드리겠습니다. 대협의 의사를 묻지도 않고, 사람들을 여기까지 데려왔습니다. 하지만 상황이 급해서 어쩔수 없었습니다. 이해해 주십시오."

그러면서 백리세가의 막내아들이 납치를 당했고, 개방의 도움이 필요하다고 설명했다.

하지만 노주홍은 여전히 말을 하지 않았다.

당한익은 나무 위로 올라가야 하나 잠시 생각했다.

그때 나뭇가지 위에서 무언가 툭 떨어졌다. 그리고 노주홍의 목소리가 들렸다.

"이걸 가지고 가서 애들한테 보여줘. 그럼 우리 애들이 도와줄 거야."

그것은 개방의 분타주를 뜻하는 죽패였다.

무척 귀한 물건일 텐데, 아무렇지도 않게 던진 것이다.

또 그의 목소리에는 귀찮음이 잔뜩 묻어 있고, 날카로움이 섞여 있었다.

"그런데, 내가 이걸 줬다고 해서 화가 풀린 건 아니다. 네 말대로 상황이 급해서 도와주는 거야."

"감사합니다."

"볼일 끝났으면 어서 가."

"네. 나중에 다시 용서를 구하러 오겠습니다."

"아냐. 됐어. 다시는 이곳에 찾아오지 마."

아무래도 단단히 화가 난 것 같았다.

사실 이 장소는 그의 입장에서 굉장히 중요한 것이었다.

절대 알리지 않고 싶은데, 사람들을 끌고 왔으니,

미움을 받는 건 당연했다.

"진심으로 죄송합니다."

당한익은 다시 한 번 깊게 읍소한 뒤, 물러섰다.

이 죽패만 있으면, 개방의 인원들을 이용할 수 있을 것이다. 분타주가 직접 나서는 것보단 못하지만, 이것도 감사해야지.

그런데 갑자기 나무 위에 있는 노주홍의 고함소리가 들렸다.

"아악. 저 자식 뭐야? 왜 안으로 들어가!"

동시에 노주홍이 당한익에게 소리쳤다.

"너 올라와 봐. 저 새끼. 누구냐? 왜 데려왔어?"

당한익은 의아해서 나무 위로 올라갔다.

빼빼 마른 중년인이 입에 거품을 물며 한쪽을 가리켰다. 그는 시큼한 냄새를 풀풀 풍기며, 더러운 옷을 입고 있었다.

개방의 청해 분타주 노주홍이었다.

당한익은 그가 가리키는 곳을 바라보았다.

여기서 객잔이 무척 잘 보였다. 그리고 철경이 객잔으로 성큼성큼 걸어가고 있었다.

"어?"

왜 가는 거지? 분명 근처에 가지 말라고 했는데?

노주홍은 당한익에게 소리쳤다.

"저놈 누구야? 왜 객잔으로 가는데?"

"그러니까, 그는 철경이라고 하는 태전문 소속 무인입니다. 객잔에 들어가는 이유는, 저도 모르겠습니다."

"너 혹시 나에 대해 얘기한 거 있어?"

"아닙니다. 맹세코 아무 말도 하지 않았습니다. 노 대협의 개인적인 일인데, 어찌 함부로 말을 했겠습니까?"

사실 노주홍은 태어날 때부터 거지는 아니었다.

부모님이 있었고, 가족이 있었다.

하지만 찢어지게 가난했다. 그러던 중에 아버지가 사고로 죽었고, 어머니는 견디다 못해 도망쳤다.

또 아래로 두 명의 동생이 있었는데, 둘 다 병에 걸려 죽었다.

노주홍은 열두 살에 혼자가 된 것이다.

그 후로 거지가 되었다.

한동안은 먹고 산다고 정신이 없었다.

그렇게 삼십 오년이 흘렀고, 문득 자신을 버린 엄마가 어찌 되었는지 궁금했다.

그래서 개방의 힘을 이용했다.

시간은 꽤 걸렸지만, 결국 어머니를 찾았다. 바로 저 객잔 안에 있는 노파가 어머니였다.

그 후로 노주홍은 청해까지 왔다.

본래 그의 직급은 매듭이 다섯 개인 당주였다. 하지만 청해로 오는 조건은 당주직을 버렸다.

그리고 분타주로 취임하면서 매일 아침 객잔을 찾았다.

만나서 뭐라 하지? 왜 나를 버렸냐고 화를 낼까? 아니면

보고 싶었다고 말을 할까?

수많이 생각이 떠올랐지만, 결국 객잔 안으로 들어가지 못했다.

솔직히 자신이 거지가 된 것도 부끄러웠기도 했다.

그렇게 일 년이 흘렀다.

그러던 중에 큰일이 벌어졌다.

불과 며칠 전이다.

어머니가 쓰러진 것이다.

노주홍은 급히 객잔으로 들어가서 응급조치를 취했다. 그리고 업고 의원을 찾다가, 당한익이 생각났나.

예전에 같이 일을 한 적이 있었다.

'지금 무림맹 청해지부에 있다고 했지?'

노주홍은 당한익을 찾았고, 당한익은 어머니를 치료해 주었다.

다행히 어머니는 살아났지만, 당한익은 노주홍에게 경고했다.

"임시방편입니다. 치료가 되신 게 아니니 조심하셔야 합니다."

"그럼 괜찮아지려면 어떻게 해야 하나? 만약 돈이 필요하면, 내가 어떻게든 구해 오겠네."

"돈보다는 지병이 문제입니다."

"지병이라니?"

"모르고 계셨습니까?"

"……."

"환자분께서 버릇처럼 심장 쪽을 자주 어루만졌을 텐데요."

결국 노주홍은 자신의 사정을 전부 알려주었다.

그제야 당한익도 이해했다.

"무슨 말씀인지 알겠습니다. 흐음. 일단 어머니께서 지병을 가지고 계세요. 심장으로 통하는 혈관이 막히는 병인데, 이 병이 까다롭습니다. 증상을 완화시킬 수 있어도 한번에 완치가 어려워요. 침과 약으로 꾸준하게 다스려야 합니다."

"으음."

"그리고 갑자기 혈관이 막혀 심장마비가 올 수도 있습니다. 그러니 항상 옆에 계세요."

그때부터 노주홍은 객잔 근처에 붙어 있었다.

개방 일도 내팽개치고, 객잔 근처에서 먹고 자면서 어머니를 지켜보았다.

'나를 버린 사람이다. 내가 왜 이렇게까지 해야 하는 거지?'

가끔 그런 의문이 생기지만 무시했다. 그냥 지금 그가 하고 싶은 일에 집중했을 뿐이다.

그런 와중에 당한익이 사람들을 데리고 왔다.

굉장히 짜증났지만, 은인이라 참고 있을 뿐이다.

그런데 심지어 안으로 들어간다고?

왜? 밥이라도 먹으려고?

차마 당한익 앞이라 말은 못 하지만, 이미 표정만으로는 수천 가지의 욕을 뱉었다.

“안 말릴 건가?”

“아, 제가 가서 말리겠습니다.”

어머니는 아직 노주홍의 정체를 모르고 있었다.

그래서 당한익을 시켰고, 당한익은 급히 객잔으로 달려갔다.

마침 객잔의 문이 열리고, 객잔 주인이 밖으로 나왔다.

노주홍의 어머니였다.

그녀는 철경을 보지 못했고, 옆에 있는 창고로 들어갔다.

그러자 철경은 그 창고로 몸을 돌렸다. 객잔이 아니라 노주홍의 어머니가 목적인 게 확인된 셈이다.

“저 새끼가!”

노주홍은 더 이상 참지 못하고, 나무 위에서 뛰어내렸다.

경공을 사용하여 전력으로 달려갔다. 그리고 전음으로 소리쳤다.

[야. 너 뭐야? 네가 뭔데, 우리 어머니를…… 아니, 객잔 주인을 따라가?]

"……."

[좋은 말 할 때 그냥 가라!]

철경은 달려오는 노주홍을 물끄러미 바라보았다.

그리고 한마디 했다.

"당신이 노주홍이군."

[그래. 내가 노주홍이다. 빌어먹을 놈아. 전음만 사용하고, 이쪽으로 따라와.]

철경은 화를 내는 노주홍과 노파가 들어간 창고를 번갈아 보았다.

그리고 대답했다.

"당신이 이곳 객잔 주인과 무슨 관계인지 모르오. 다만 이대로 두면, 방금 창고로 들어간 노인이 죽을 수도 있소."

"뭐?"

노주홍은 깜짝 놀라 창고 쪽으로 다가갔다.

창고에 있는 작은 창문을 통해 안을 들여다보았다.

자신의 어머니가 보였다.

몸을 숙이고, 뭔가를 꺼내고 있었다.

주변에는 안에는 아무도 없었고, 위협 요소는 없어 보였다.

이쯤 되자 당황한 건 노주홍이었다.

어머니는 멀쩡한데?

누가 죽을 수도 있다는 거지?

'설마 이 새끼, 나를 놀리는 건가?'

노주홍은 철경에게 크게 화를 냈다.

[야 이 새끼야. 죽고 싶어? 내 도움을 바란다는 놈이 이딴 식의 장난을…….]

쿠웅.

"으윽. 으으으윽."

그런데 창고 안에서 쓰러지는 소리가 들렸다. 노주홍은 다시 창고의 안을 봤다.

어머니가 바닥에 쓰러져 있었다. 가슴을 부여잡고, 숨을 못 쉬고 있었다.

"어머니."

노주홍은 놀라서 창고 안으로 들어갔다.

그는 당한익을 부르려 했다. 아니 부를 필요도 없었다.

당한익도 창고 안으로 들어왔다.

그는 어머니의 상태를 살폈다.

그녀는 호흡곤란으로 숨을 쉬지 못했고, 심장이 멈추려 했다.

당한익은 침통을 꺼냈다.

족삼리, 곡지, 백회, 중완에 침을 우선 놓고, 관원 기해, 심유에 차례대로 침을 놓았다.

하지만 상태는 호전되지 않았다.

당한익은 식은땀을 흘렸다.

'어떻게 하지?'

그는 고민에 빠졌다.

이런 상황에 대처할 방법은 몇 가지가 있었다. 하지만 환자의 나이가 문제였다.

워낙 고령이라, 조금만 잘못해도 그대로 사망할 수 있었다.

시간도 없었고, 빨리 결정을 내려야 하지만 쉽지 않아 보였다.

뒤에는 노주홍이 걱정스럽게 바라보고 있었다. 그에게 말을 하려는데, 갑자기 철경이 창고 안으로 들어왔다.

그는 대뜸 다가와서는 당한익의 침통에서 침 하나를 꺼냈다.

굉장히 얇은 침으로 머리카락보다 가는 것이다.

그리고 다른 사람이 말리기도 전에 환자에게 침을 찔렀다.

심장 부근이었고, 전혀 망설임이 없었다.

"야아, 뭐 하는 거야?"

노주홍이 놀라서 소리쳤다.

철경을 말리려 했지만, 당한익이 그를 붙잡았다.

"늦었습니다. 지금 방해하면 더 위험해집니다."

"하지만."

"기다려 보시죠."

처음에는 당한익도 말리려 했었다. 하지만 생각을 바꾸

었다.

당비수로부터 철경의 믿기 힘든 침술를 듣지 않았던가?

과연 이번에는 어떻게 할지, 궁금해서 지켜보았다.

철경은 침으로 찌른 후에 바로 뽑지 않았다.

다른 한 손으로 그 부근을 누르고, 기를 흘려 넣었다.

환자의 나이를 생각해서 조심스럽게, 천천히 진행했다.

그가 침으로 찔러 넣은 곳은 피가 흐르지 않는 혈관이었다.

이유는 알 수 없지만, 피 찌꺼기가 응고되어 혈관을 막을 때가 있다. 그럼 심장으로 들어가는 동맥을 막혀 혈관이 괴사된다.

그러고 피가 통하지 않아 심장이 멈출 것이다.

철경은 막혀 있는 피 찌꺼기에 침으로 찔렀다. 그리고 기를 불어넣어 막힌 부분을 천천히 녹였다.

혈관이 튼튼하면 그걸로 충분했다.

하지만 이 노인은 나이가 많고, 무공을 모른다. 혈관이 워낙 얇아서 조심스러웠다.

그래서 다른 손으로 새로운 기를 불어넣어 혈관을 보호하면서 녹여냈다.

이 모든 것이 금륜안 때문에 가능한 일이었다.

눈으로 몸속을 확인하면서 정확히 집어낼 수 있어서 치

료할 수 있었다.

'다행히 사부님보단 심하지 않군.'

철경은 이런 증상을 너무 잘 알았다.

사부님도 똑같은 지병이 있었고, 몇 번이고 치료한 적이 있기 때문이다.

그리고 지금은 더 쉽게 치료했다.

철경은 잡생각을 지우고, 치료에 집중했다. 일각도 안 되어 치료는 끝났다.

환자의 심장은 다시 뛰기 시작했고, 편안하게 숨을 쉬었다.

철경은 침을 당한익에게 돌려주었다. 그러면서 무뚝뚝하게 말했다.

"나이가 많으시니, 조심하시오."

"아, 알겠소."

당한익은 너무 놀라서 말을 더듬었다.

이런 식으로 치료한다고?

그냥 침을 한 번 꽂아 넣고 끝났다니.

세상에 이런 침술이 있을까?

그는 철경의 뒷모습을 계속 바라보았다.

노주홍은 어머니가 괜찮은 걸 보고, 안도의 한숨을 쉬었다. 그는 창고 밖으로 나가는 철경을 붙잡았다.

"잠깐만. 객잔으로 온 이유가 이것 때문이었나? 어머니가 저렇게 될 줄 알아서? 어떻게 미리 알 수 있었지?"

처음 보는 사람일 텐데,

심장마비가 올 거라는 걸 어떻게 알아냈을까? 그것도 이렇게 정확히?

노주홍은 의심스러운 눈빛으로 물었다.

그러자 철경은 간단히 대답했다.

"내 사부님도 비슷한 병을 앓은 적이 있소."

"아아."

"창문 사이로 저 노인이 보였고, 전조 증상을 보이기에 알아차린 거였소."

"그, 그런가?"

노주홍은 아직 의심스럽지만, 납득했다.

사실 그게 아니라면, 미리 알 방법이 없었으니까.

그리고 철경도 거짓말을 한 것은 아니었다.

금륜안으로 주변을 둘러보다가 노인을 발견했었다.

심장 쪽 혈류가 유난히 느렸고, 막힌 부분이 있다는 걸 알아차릴 수 있었다.

금방 쓰러질 것 같아서 도와주려 한 것뿐이다.

철경은 지나가려 하자, 노주홍은 다시 그의 앞을 막았다.

그는 정중히 고개를 숙였다.

"어째되던 고맙소. 이건 진심이오. 그대가 아니었으면……

말도 못 붙이고, 평생을 후회할 뻔했소."

"……."

"무엇이든 말만 하시오. 어떻게 보답하면 되겠소? 내가 할 수 있는 건 다 들어주겠소."

그러자 철경은 백리세가 쪽을 바라보았다.

"저 사람들을 도와주시오."

"저 사람들?"

"지금 백리세가도 사정이 급하고, 귀하의 도움이 필요하오."

"정말 그거면 충분하오? 내가 거지지만, 보기보다 많은 일을 할 수 있소."

"아이만 찾아주면 되오."

순간 노주홍은 크게 감탄했다.

자신은 본인의 어머니만 생각했다. 그게 최선이라 생각하고, 다른 이들은 일부러 무시했었는데.

'이 남자는 대가 없이 사람들을 도와주고 있구나.'

철경이 이런 모습이 무척이나 훌륭해 보였다.

노주홍은 몹시 부끄러워지면서 다시 한번 고개를 숙였다.

"철 대협의 의협심에 깊이 감탄했소. 말씀대로 백리세가부터 도와주도록 하겠소."

그 말에 철경은 아무 말도 하지 않았다.

그저 백리세가 일을 빨리 끝내고 싶어서 열심히 할 뿐이다. 의협심따위는 상관없었다.

그렇다고 변명할 생각도 없어 가만히 있었다.

노주홍도 마음을 굳힌 듯, 적극적으로 움직였다.

먼저 당한익에게 어머니를 잘 부탁한다는 말을 남기고, 백리세가 사람들에게 다가갔다.

실종된 막내아들에 대해 자세히 물었다. 그리고 본인이 직접 서녕으로 달려갔다.

개방도를 이끌며, 적극적으로 조사에 착수했다.

반면 당한익은 백주홍의 어머니를 계속 치료했다.

그녀가 완선히 정신을 차리고, 몸 상태가 정상이 될 때까지 기다렸다.

해가 완전히 떨어진 후에 노주홍이 돌아왔다.

그에게 물었다.

"백리세가의 아이는 어떻게 되었습니까?"

"찾았어."

"벌써요?"

"납치당한 게 아니었어. 아이가 몰래 도망친 거였어. 백리세가 사람들은 납치라고 오해했던 거고."

"흐음. 하마터면 큰일 날 뻔했군요."

만약 아이를 찾지 못했다면, 백리세가는 천안검문 짓으로 오해했을 테고, 두 문파 사이에 전쟁이 벌어질 수 있었다.

다행히 빨리 찾아서 최악의 상황을 막을 수 있었다.

“좋은 일을 하셨습니다.”

“뭐, 나야 어머니를 살려준 보답으로 한 일이지, 아무 보답도 없이 나선 철경 대협이 대단한 거야.”

“네에?”

당한익은 이해가 되지 않았지만, 딱히 따지진 않았다.

다른 걸 물었다.

“그나저나 그 철경 대협은 어디 있습니까?”

“나도 모르네. 백리세가 사람들과 같이 있었는데, 나중에 보니까 없어졌더라고.”

“혹시 무림맹으로 돌아갔나요?”

“그럴 수도 있지. 왜? 알아봐 줘?”

“아닙니다. 여기 일이 끝났으니, 제가 직접 가 보죠.”

당한익은 곧바로 무림맹으로 돌아갔다. 그리고 철경을 찾았다.

그에게 묻고 싶은 것이 정말 많았다.

침 하나로 어떻게 치료를 어떻게 했을까? 그리고 쓰러질 거라는 건 어떻게 알았을까?

물론 겉으로 보이는 전조 증상은 있다.

하지만 그건 가까이 보지 않는 이상, 알기 어려웠다.

그런데 객잔 밖의 창문을 통해 알아냈다고?

믿기 힘들었다.

당한익은 무리맹에 도착했다.

하지만 어디에도 철경은 보이지 않았다.

주위를 돌아다니며 그의 행방을 찾았지만, 아무도 모르게 있었다.

'무림맹으로 온 것이 아니었나?'

당한익은 다시 밖으로 나가려 했다. 그런데 마침 무림맹으로 돌아오는 팽고선을 발견했다.

그에게 물으니, 간단히 대답했다.

"떠났습니다."

"떠나다니? 어디로?"

"곤륜산으로 가는 것 같던데요."

"곤륜산? 갑자기?"

새벽에 떠났던, 진하와 산호 도장이 초저녁에 돌아왔다고 한다.

철경은 산호도장과 몇 마디 나누었고, 짐을 챙기더니 곧장 떠났다.

"그럼 진하 형님은?"

"부주님께 갔습니다. 또 무슨 일이 터졌나 봐요."

당한익은 허탈하게 중얼거렸다.

"휴우. 그럼 산호도장도 떠난 셈이네. 나에게 말도 없이?"

"아, 그러잖아도 산호도장이 형님께 꼭 전해달라고 했습니다. 급하게 먼저 떠나서 미안하다고요. 나중에 꼭 은혜를 갚겠다는 말도 했습니다."

"칫. 기약 없는 약속은."

마음 같아서는 그들을 쫓아가고 싶었다. 하지만 팽가와 약속을 했으니 그럴 수 없었다.

'그래. 나중에 철경이 당문으로 온다고 했으니, 그때를 기다릴까?'

하지만 그러기 위해서는 당문으로 가야 했다.

그리고 가주를 비롯하여, 여러 어른들의 잔소리를 감당해야만 했다.

'그건 싫은데.'

여러모로 고민이 많아지는 당한익이었다.

철경과 산호 도장, 그리고 수선화는 곤륜산으로 가지 않았다.

그들은 태전상단으로 가고 있었다.

산호도장의 주장 때문이었다.

"제가 존경하는 방사 한 분이 계십니다. 저의 사부님과도 아는 사이고 믿을 수 있는 분이죠. 그런데 그분께서 항상 하시는 말씀이 있습니다. 혹시 연단의 성공률이 왜 낮은 줄 아십니까?"

그러잖아도 경아인에게 들은 것이 있었다.

좋은 영단은 만들기 굉장히 어렵다고.

하지만 그 이유는 몰랐다.

철경은 사실대로 말했다.

"모르겠소."

"사람마다 나이가 다르고, 성격과 체질이 다릅니다. 거기에 맞는 약을 먹어야 효과가 있지요. 예를 들어, 몸에 열이 많은 사람이 화(火)기가 충만하니, 차가운 속성의 영단을 먹어야 효과가 있습니다. 반대로 화기가 부족하다면, 반대로 뜨거운 속성의 영단을 먹어야겠죠."

의술의 기본적인 상식이다.

하지만 대부분의 사람은 영단을 먹을 때, 그런 걸 따지지 않는다.

그냥 내공의 성향만 생각해서 먹는다.

"그래서 영단의 효과가 줄어드는 겁니다. 아주 좋은 영단이 있어도 어떤 사람은 잘 맞고, 어떤 사람은 잘 안 맞는 거지요."

철경은 그 의미를 정확히 파악했다.

그가 제자들에게 지금 가르치는 상황과 비슷했다.

"그러니까 영단을 먹을 사람의 체질에 맞게 영단을 제조

해야 된다. 그 뜻이오?"

"맞습니다. 그래야 자신에게 꼭 맞는 영단을 만들어, 효과를 극대화시킬 수 있죠."

"그럼……, 아이들과 같이 가야겠군."

"맞습니다. 제가 하고 싶은 말이 그겁니다."

산호 도장의 말은 일리가 있었다.

그래서 아이들을 만나기 위해 태전상단으로 향했다.

아이들은 당연히 기뻐했다.

몇 개월째, 죽도록 훈련만 했으니, 어딜 가든 좋다고 환호성을 질렀다.

원주 역시 마찬가지다. 그도 어지간히 갑갑했는지, 보기 드물게 괴성을 질렀다.

"까루루루. 좋다. 나는 무조건 좋다."

철경은 무뚝뚝한 말로 한마디 했다.

"이동 중에도 수련은 계속한다."

"넵. 알겠습니다."

"여, 여, 열심히 하겠습니다."

"말 안 해도 알아요."

찬물을 끼얹는 말에도 제자들은 웃으며 대답했다.

태전상단은 여전히 바빴고, 철경은 태무경과 태조인, 진서에게만 알렸다.

“알겠네.”

“아이들을 잘 부탁합니다.”

“잘됐네. 잘 갔다와.”

그리고 곧장 떠났다.

철경은 마차를 큰 것으로 준비했다.

마차 안에서 심상 수련을 하고, 마차가 멈출 때는 초식 수련과 대련을 했다.

이동하는 중에도 부족함이 없게 최선을 다했다.

그것을 본 산호 도사는 걱정스러운 눈빛을 보냈다.

그리고 아이들이 없을 때 철경에게 물었다.

“저어, 이런 말은 기분 나쁠 수도 있는데, 조언을 드려도 괜찮을까요?”

“괜찮소.”

“제가 무공을 배울 때, 아, 혹시 제 사부님이 누군지 아시나요?”

“알고 있소.”

“저희 사부님은 하루에 딱 반각만 시간을 내십니다. 그리고 저에게는 하루에 네 시진 이상 수련하지 말라고 하시더군요.”

“…….”

"아, 죄송합니다. 제가 너무 주제넘었나요?"

"아니오. 계속하시오."

하루에 네 시진만 무공을 수련을 한다?

정확히 철경의 수련과는 반대였다.

하지만 철경은 산호의 말을 유심히 들었다. 그는 누군가를 가르치는 일이 처음이었다.

때문에 가능한 다른 사람들의 조언을 들을 생각이었다.

더구나 산호 도장의 사부는 곤륜파 유일의 화경 고수였다. 더욱 유념해서 들을 필요가 있었다.

"아, 하루 네 시진이 중요한 게 아닙니다. 저도 네 시진만 해본 적은 없으니까요. 저도 고집이 있어서 안 되는 초식이 있으면, 될 때까지 하거든요. 그때는 정말 밤낮 가리지 않고, 잠을 줄여가며 열심히 수련했습니다."

"……."

"도저히 안 되서 사부님께 조언을 구했는데, 사부님은 오히려 푹 쉬라고 하시더군요. 하루 정도 쉬면서 머리를 비운 후에 해보라고요. 실제로 그렇게 했고, 오히려 잘 풀린 기억이 있습니다."

생각해 보니, 자신의 사부도 그러했다.

두 달에 한 번 정도는 억지로 마을로 데려갔었다.

당과도 사주고, 강 낚시도 하면서 자연을 느끼라고 하셨다. 필요 없다고 하는데도, 거의 반강제로 시켰다.

그리고 다음날에는 더 열심히 했던 것 같다.

철경은 문득 제자들을 바라봤다.

최근 몇 개월 동안 한 번도 쉬지 않고 몰아붙였다. 진서는 자신보다 더 굴렸다고 들었으니.

아직 제대로 쉰 적이 없는 셈이다.

'내 마음이 급한 탓인가?'

일 년 안에 일류고수로 만들 생각에 서두려는 경향이 있었다.

이래서는 안 된다.

너무 서두르면, 오히려 망가질 수도 있었다.

팽팽하게 당긴 활은 어느 순간에는 끊어지게 마련이니까.

한 번쯤 풀어줄 필요가 있었다.

철경은 스스로에게도 여유를 가지라며 되뇌었다.

산호의 조언을 받아들이기로 마음먹었다.

때마침 기회가 찾아왔다.

도난(都蘭)이란 마을에 도착했다.

마을 입구부터 사람들로 북적거렸다. 마차가 들어가기 힘들 정도였고, 곳곳에 먹거리와 볼거리가 가득 했다.

차력을 보여주는 이도 있고, 신기한 동물들이 재주를 넘기도 했다. 당과를 비롯해 다양한 주전부리와 돼지고기, 닭고기, 오리고기 등을 매달아 놓고 팔았다.

여인들을 유혹하는 비단과 장신구, 예쁜 옷도 보였다.

아마도 큰 잔치가 벌어지는 것 같았다.

철경은 주변에서 제일 큰 객잔 앞에 마차를 세웠다.

점소이를 불러, 방을 달라고 했다.

"죄송하지만 손님. 오늘은 저희 마을의 전통 행사가 벌어지는 날입니다. 그래서 방이 하나도 없습니다."

"돈은 얼마든지 줄 수 있소."

"그래도 방이 없어서."

"하룻밤에 삼백 냥."

그러자 점소이는 놀라서 대꾸했다.

"저어, 자, 잠깐만 기다려 주십시오."

그는 객잔 안으로 들어갔고, 잠시 후 객잔 주인이 나왔다.

평소라면 방 하나에 한 냥이다. 지금이 잔치 기간이지만, 방 하나에 열 냥이 넘지 않았다.

그러니 삼백 냥은 어마어마하게 큰돈이었다

"혹시 별관도 괜찮으십니까?"

"좋소."

"잠시만 기다려주십시오. 객잔 뒤편에 작은 집이 있었는데, 그쪽으로 안내해 드리겠습니다."

사실은 객잔의 주인이 사는 집이었다.

다행히 돈의 액수를 듣고 부인도 찬성했고, 가족들을 근처의 친척 집으로 보냈다. 그리고 지금 열심히 청소하고 있었다.

객잔의 방이 마련되자, 철경이 제자들을 불러보았다.

"오늘은 여기서 쉰다. 내일 아침에 출발할 테니, 그때까지 자유시간을 가지도록."

자유시간?

뜬금 없는 한마디에 모두가 어리둥절했다.

그때 산호가 끼어들었다.

"자자. 지금까지 열심히 수련했으니, 잠시 휴식 시간을 가지자는 이야기입니다. 몸과 마음을 푹 쉬면서 활력을 채운 뒤, 내일부터 다시 열심히 수련하는 겁니다."

제자들은 철경을 바라봤고, 철경은 고개를 끄덕였다.

그러면서 품속에서 준비한 돈을 꺼냈다.

일인당 백 냥씩 네 명에게 나누어주었다.

"너희들 알아서 써라."

제자들은 얼떨떨한 심정으로 돈을 받았다.

어린아이가 쓰기에는 너무 큰돈이었다. 아직 실감이 나지 않는지, 서로를 바라보았다.

그때 지금까지 얌전히 있던 수선화가 나섰다.

"잘됐다. 여자애들은 나를 따라와. 이번 기회에 이 언니가 예쁜 옷을 골라주고, 화장도 가르쳐 줄게."

그러다니 태천화와 제갈민을 데리고 휘익 사라졌다.

다음에는 산호도장이 나섰다.

"흠흠. 저도 잘 아는 건 아니지만, 남자아이들은 제가 데려가겠습니다. 같이 구경 다니면서 맛있는 거나 먹죠."

"난 먹는 거 좋아한다."

원주는 먹는 거에 신이 나서 산호를 따라갔다.

그리고 태천부는 어찌할 바를 모르다가, 얼떨결에 따라갔다.

혼자 남은 철경은 말없이 방으로 들어갔다.

그도 이번 기회에 혼자 조용히 지낼 생각이었다.

"어머머. 이거 예쁘다."

"천화야. 이 옷은 너랑 어울리겠다."

"민아. 이것 좀 입어봐."

수선화는 물 만난 물고기처럼 돌아다녔다.

기분이 좋은지, 평소와는 다르게 친한 척 말을 걸었다.

사실 주변에는 사람들이 굉장히 많았다. 걷기 힘들 정도였다. 그리고 그 사람들이 대부분 수선화를 바라보고 있었다.

장신구를 착용하는 척하면서 죽립을 벗었기 때문이다. 그녀의 압도적인 미모는 빛을 발했다.

"누구지?"

"외지 사람 같은데."

"내 생전 저렇게 예쁜 사람은 처음 보는군."

"허어."

"어딜 보는 거예요?"

"흥. 불여우 같이 생겨 가지고."

질투 섞인 여자 목소리도 들렸다.

그런 소릴 들으며 수선화는 미소를 지었다.

그녀는 사람들의 시선을 즐겼다.

거기서 삶의 활력을 얻는 여자였다.

반면 태천화와 제갈민은 이런 시선을 좋아하지 않았다.

태천화는 착해서 억지로 따랐지만, 제갈민은 자기주장이 강했다.

싫은 건 싫은 거고, 억지로 맞춰줄 생각은 없었다.

제갈민은 태천화에게 속삭였다.

"나중에 봐."

"어디 가려고?"

"오랜만에 책이나 보려고."

"같이 갈까?"

"아니. 혼자가 편해."

제갈민은 태천화에게 마음을 조금 열었다. 산에서 넘어진 후로 많은 이야기를 나누었고, 서로를 알아가고 있었다.

태천화는 제갈민을 일반적인 일곱 살로 생각하지 않았다.

"알았어. 조심하고, 나중에 객잔에서 봐."

제갈민은 고개를 끄덕이고, 조용히 사라졌다.

그녀가 향한 곳은 서림(書林)이었다.

특정한 곳을 찾는 건 아니었다. 그냥 책이 읽고 싶었고, 책을 팔거나 보는 곳을 찾아다녔다.

처음 방문한 마을이지만, 누구에게 물어보지 않아도 서림을 찾을 수 있었다.

사람 없는 곳을 가면 된다.

조용하고 깨끗한 곳을 찾아가면 대체로 서림이나 차를 파는 곳이 나왔다.

과연 마을 전체가 전통 축제로 떠들썩한데, 서림이 있는 거리는 유난히 조용했다.

콤콤한 책 냄새가 여기까지 풍겼다.

제갈민은 마음이 편안해지는 걸 느끼며, 천천히 걸었다.

'한유유림'

딱히 이유는 없었다.

다섯 개의 서림 중에 그냥 이름이 마음에 들어서 안으로 들어갔다.

커다란 책장이 줄지어 있었고, 책들이 가득 꽂혀 있었다.

비교적 깨끗했고, 관리가 잘되어 있는 서림이었다.

그리고 입구에는 키가 작은 노인은 꾸벅꾸벅 졸고 있었다.

제갈민은 깨우지 않고, 그냥 안으로 들어갔다. 어차피 살 생각은 없고, 구경만 할 생각이었다.

5장

제갈세가에는 책이 정말 많았다.

몇 대에 걸쳐 책을 모았고, 희귀서적이면 천리를 가서 사 오기도 했다.

그래서 책만 있는 건물만 열 채가 넘었다.

제갈민은 그 책들을 대부분 다 읽었다.

책을 좋아하기도 하지만, 다른 할 일이 없었다.

제갈 세가의 방계교육은 너무 쉬웠고, 고급 교육은 가르쳐 주지 않았다. 성격이 까다로워서 다른 아이들과 어울리지도 못했다.

그래서 시간 날 때마다 책을 읽었다. 하루에 수십권씩 읽었다.

그게 유일하게 할 수 있는 일이었고, 일종의 '자유'라 생각했다.

오랜만에 책 냄새를 맡고, 책들에 둘러싸였다. 그때의 생각이 나서 멍하니 서 있었다.

"치잇. 나답지 않게 감성적이야."

제갈민은 이내 정신을 차리고 고개를 흔들었다. 그리고 다시 책으로 시선을 돌렸다.

천천히 걸으면서 책장 속의 책들을 살폈다. 대부분 아는 것들이다.

최근에 나온 책도 있지만, 초반 부분만 읽어보고 책을 집어넣었다.

'내용이 유치해. 이건 문장이 단조롭고, 흐음. 문구가 마음에 들지 않네.'

제갈민은 속독으로 빨리 읽는 편이다. 그리고 눈높이가 상당히 높았다.

그렇게 일층을 둘러보고, 이 층으로 올라갔다.

이 층에도 책이 많았다.

하지만 이곳에는 일반적인 서적보다 고서가 많은 것 같았다.

"흐음. 여기는 좀 볼 만하겠는 걸."

책만 있는 것이 아니었다.

한쪽에는 큰 탁자가 여럿 붙어 있었고, 문방사우가 펼쳐져 있었다.

그중에서 고서 하나가 눈에 띄었다.

작업 중인지, 활짝 펼쳐져 있었다. 그리고 아래쪽에는 지필묵이 놓여 있고, 몇 자 적혀 있었다.

"필사인가? 아니면 번역? 해석? 주역?"

제갈민은 중얼거리면서 자세히 살폈다.

초반에만 시도를 했는지, 몇 자 쓰지도 못했다.

고서를 보니, 난생처음 보는 문자가 빼곡히 적혀 있었다.

그런데 뭔가 이상했다.

제갈민은 고개를 갸웃거리며, 고서를 살짝 만졌다. 종의 재질과 질감을 주로 살폈다.

"꼬마야. 뭐 하는 거야?"

누군가 소리치면서 이쪽으로 달려왔다.

유생 차림의 중년인이었다.

그는 소스라치게 놀라며 제갈민을 말렸다. 그리고 펼쳐진 고서가 괜찮은지, 또 자신의 물건들을 만지지는 않았는지, 꼼꼼히 살폈다.

그리고 제갈민을 노려보았다.

"너, 누구니? 엄마 어디 있어?"

아마도 제갈민을 평범한 아이라 생각한 것 같았다. 그래서 나무라는 말투로 물었다.

제갈민은 짧게 대꾸했다.

"엄마 없는데요."

"뭐? 그럼 여기에 어떻게 왔어? 아니 그전에 이 층은 출입금지 구역인 거 모르니? 계단 밑에 적어놨잖아."

유생은 크게 화를 내려다가, 한숨을 푹 쉬었다. 제갈민을 아래위로 훑어보면서 중얼거렸다.

"후우우. 그래. 네가 아직 글을 모를 수도 있지."

"……."

"어휴. 내가 지금 어린애한테 뭐 하는 짓인지."

그는 화를 삭인 후에 제갈민에게 말했다. 이번에는 부드럽게 말하려 애썼다.

"꼬마야. 여긴 어른들이 일하는 곳이다. 그러니까 함부로 들어오면 안 돼. 어서 내려가거라."

"저 고서를 해석하는 일이죠? 가짜예요."

제갈민의 말에 유생은 할 말을 잃었다.

어이없어서 다시 물었다.

"가짜? 아니 그전에 너 고서라는 말은 알고 있니?"

"사전적 의미로 말씀드려요? 고서란 아주 오래전에 간행된 책을 의미해요. 그런데 지금 번역하고 있는 고서를 보니까 오백 년 전의 것으로 추정하시는 것 같은데, 아니에요. 최근에 만든 거에요."

유생은 제갈민을 멍하니 바라보았다.

자기 딸보다 어린아이가 어떻게 말을 똑 부러지게 잘할까?

그런데 그 내용이 더 가관이었다.

"최근에 만들어졌다고?"

"네. 속이려고 작정하고 만든 물건이네요. 어렵게 보이려고 글자도 만든 것 같은데, 짜깁기 한 거예요. 금문(金文)에 예서(禮書)를 갖다 붙인 거죠."

"그, 그건……."

"아마 번역이 안 될 거예요. 처음부터 말도 안 되는 글자니까."

유생은 자신도 모르게 고서를 바라봤다.

듣고 보니 이상한 점이 한둘이 아니었다.

자신도 이쪽 계통에서 벌써 십오 년이나 일을 했었고, 웬만한 고서는 번역할 수 있었다.

그런데 이번 것은 사흘이나 지났는데, 두 쪽을 넘기지 못했다.

아이의 말을 듣고, 유심히 글자를 봤다. 과연 금문에 예서를 섞은 것을 알 수 있었다. 그렇게 나누니까 해석이 된다.

"허어. 어떻게 이런 일이……."

이것 때문에 며칠 밤을 지새웠던가? 또 얼마나 머리를 쥐어뜯었었지?

그걸 생각하면 참으로 허탈한 결말이었다.

'내가 왜 그 생각을 못 했을까?'

유생은 자신의 욕심을 탓했다.

이 책을 해석하면 큰돈을 준다는 말에 가짜일 거라는 생각도 못 한 것이다.

그는 생각을 정리하고 눈앞의 아이를 바라봤다.

'내가 자리를 비운 시간은 일각이 되지 않는다. 그럼 이 아이는 그 짧은 시간 동안 책을 읽고, 가짜인 것도 파악했다는 건가?'

어려 보이는 외모를 생각하면 믿기 힘든 일이었다. 혹시 반로환동한 신선이 아닐까 의심했다.

"저는 제갈민이라고 해요."

"아아, 설마 그 제갈세가의……?"

제갈민은 고개를 끄덕였다.

그러자 유생은 쉽게 이해했다.

무림에 대해서는 잘 모른다. 하지만 제갈세가에 대해서는 잘 알았다.

무림세가이긴 하나, 학계에서도 잘 알려진 곳이었다.

제갈 씨로 이루어진 혈족으로 제갈량의 후손으로 알려진 곳,

뛰어난 지략을 가지고 있으며,

학문, 금기서화, 각종 기예와 기관, 진법, 용인술 등에 도통했다고 들었다.

그가 납득하는 걸, 보고 제갈민은 추가 설명은 하지 않았다.

지금은 제갈세가를 떠났지만, 어떤 때는 제갈이란 이름만으로 도움이 되는 경우가 있었다.

그래서 아직 성을 바꾸지 않았으니까.

이제 유생은 제갈민을 무시하기는커녕, 한 명의 학자로서 대했다.

"아무튼 도와줘서 고맙다. 내 시간을 허투루 버릴 뻔했어."

"그럼 이번에는 저를 도와주세요."

"그래. 어떻게 도와줄까?"

"읽을 만한 고서를 찾고 있는데요. 어렵게 재미있는 고서 있나요?"

유생은 방금 전에 제갈민의 수준을 파악했다. 그래서 어렵고, 해석이 불가했던 고서들을 떠올렸다.

"흐음. 몇 가지가 있긴 한데. 따라오겠니?"

그는 기억을 더듬으며, 책장 사이로 들어갔다. 그리고 하나씩 꺼내어 제갈민에게 주었다.

제갈민은 그것을 받아서 초반부만 스윽 훑어보았다.

"이건 봤던 거네요. 요건 재미없을 것 같구요. 이 문자는 엉터리예요. 오오, 이건 좀 괜찮네요."

스물두 권을 추천했는데, 딱 두 권만 마음에 들어 했다.

유생이 예전에 봤을 때, 하루 만에 포기한 책들이었다.

"의자 좀 빌릴게요."

제갈민은 옆의 의자에 앉아서 고서를 펼쳤다. 그리고 아주 재미있는 이야기책을 읽듯 고서를 탐독했다.

유생은 그 모습이 신기해서 한동안 바라보았다.

그러다 무언가 생각난 듯 제갈민에게 물었다.

"너 혹시 돈 가진 것 있니?"

"네에?"

"내가 아는 분이 오래된 고서를 가지고 있는데 말이야. 너라면 해석할 수 있을 것 같아서. 그런데 책을 보려면 돈을 내야 해."

"얼마나요?"

"다섯 냥."

유생은 말을 하고도 미안한 듯 웃었다.

"너에게는 너무 큰돈이지? 내가 조금 보태……."

"여기 있어요."

제갈민은 말이 끝나기 무섭게 다섯 냥을 주었다.

유생은 헛웃음을 지으며, 제갈민에게 말했다.

"좋아. 그럼 나와 같이 가자꾸나. 그분이 책을 보여주시는데, 빌려주진 않으시거든. 우리가 그쪽으로 가야 해."

"알았어요. 반 시진만 기다려 주세요."

제갈민은 책에서 눈을 떼지 않고 말했다.

'바, 반 시진?'

저 어려운 책을 읽는 데 반 시진이면 된다고?

나는 하루 종일 읽었는데도, 세 장을 넘기지 못했는데.

유생은 계속 헛웃음을 지으며, 제갈민을 바라봤다.

제갈민이 태천화의 영향을 받은 것처럼, 태천화도 제갈민의 영향을 받았다.

이제는 다른 사람에게 무조건 맞추지 않았다.

본인이 편안해야 남을 챙길 수 있다는 것도 알았고, 하고 싶은 게 있으면, 더 이상 참지 않았다.

이번에도 마찬가지다.

수선화가 애교를 부릴수록 사람들은 모여들었다.

대부분 남자들이었고, 결국 수선화 때문에 싸움이 벌어지는 사태까지 벌어졌다.

"왜 밀어?"

"누가 밀었다고 그래?"

"방금 밀었잖아."

"이 새끼야. 내가 아니라니까."

"새끼? 방금 새끼라고 했냐?"

퍼억.

퍼퍼퍽.

결국 난장판이 벌어졌고, 싸움이 크게 번졌다.

수선화는 그 모습을 깔깔 웃으면서 몰래 다른 곳으로 빠져나갔다.

태천화는 그녀를 따라가지 않았다.

더 이상 그런 모습이 보기 싫어서 다른 길로 향했다.

그녀도 옷이나, 장신구에는 관심 없었다. 그저 사람들을 구경 하면서 돌아다녔다.

그것도 잠시뿐, 나중에는 지루해졌다.

'그냥 객잔으로 돌아갈까?'

노는 것도 놀아본 사람이 잘 논다.

태천화는 어릴 적부터 놀아본 적이 없었다. 항상 태천부를 돌봐야 했고, 태천문을 먼저 생각했다.

그 후에는 무공을 익히느라, 놀 시간이 없었다.

그래서 막상 개인 시간이 생기자, 뭘 할지 몰라 막막했다.

'흐음. 그나마 내가 요즘 관심 있는 건…….'

요즘 관심을 가지는 것은 의술이었다.

어깨너머로 익힌 의술이 큰 도움이 된다는 것도 알았고, 철경의 배려로 의원을 초빙하여 기본적인 것부터 배우는 중이었다.

마차를 타고 이동하면서도 의술에 관한 책을 읽고 있었다.

"아, 생각난 김에 침을 사볼까?"

마침 이번에 침술에 관해 배우고 있었다.

실제로 연습을 하고 싶었는데, 그러려면 침이 있어야 한다.

"그런데 침을 사려면 어디로 가야 하지? 대장간인가? 의원으로 가야 하나?"

태천화는 고민 끝에 의원으로 향했다.

주위에 물어서 근방에서 제일 크다는 '진봉의원'으로 향했다.

"침을 사고 싶다고?"

"네. 이곳에서 침을 파나요?"

입구에 서 있는 하인에게 묻자, 그는 고개를 갸웃거렸다.

"글쎄다. 침을 사러 온 사람은 없어서 말이야. 어이. 도씨. 우리 의원에서 침을 팔았나?"

"무슨 헛소리야?"

"침을 단품으로 판 적이 있냐고?"

"약초도 팔고, 환약도 파는데, 침을 판 적이 없는 것 같은데."

하인은 태천화에게 미안하듯 말했다.

"아무래도 침을 살 수는……."

"당연히 침을 살 수 있지."

한 사람이 끼어들었다.

정확히 말하면 열 살이 갓 넘는 아이였다. 하인들은 그를 보자, 허리를 굽혔다.

"공자님. 나오셨습니까?"

"의원 집에서 침을 안 판다는 건 말이 안 되잖아. 그럼 어디에서 사야 해? 대장간?"

"그, 그게, 죄송합니다. 잘 몰랐습니다."

"우리 집에서 몇 년이나 일했는데 아직 그런 걸 몰라? 방 씨는 나 태어나기 전부터 있었잖아?"

"네에. 네."

하인들은 연신 몸을 조아리며 잘못을 빌었다.

변명조차 하지 않았다.

태천화는 자신 때문에 야단 듣는 것 같아 미안해졌다.

"저어, 괜찮습니다. 침은 꼭 안 사도 됩니다."

그러자 남자아이는 이번에는 태천화를 쳐다봤다.

"난 신유성이다. 침을 왜 사고 싶은데? 심부름?"

"아니. 내가 의술을 배우는데, 사용하려고."

그러자 남자아이, 신유성은 입꼬리를 비틀었다.

"아아. 의술을 배우시겠다고? 혹시 기경팔맥(奇經八脈)에 대해서는 알아? 십이경맥(十二經脈)은?"

그는 태천화를 아무것도 모르는 아이 취급을 했다.

태천화는 기분이 조금 나쁘지만, 웃으며 대답했다.

"무공을 조금 배웠거든. 그 정도는 알아."

"오오. 무공까지 배웠어? 그럼 그쪽으로 나가지, 왜 의술을 배우려는 거야? 완전히 반대되는 일이잖아."

"반대라니?"

"무림인들은 무공을 배워서 다른 사람을 상하게 만들지. 우리 의원들은 사람들을 치료하고."

아무래도 신유성은 무림인에 대해 안 좋은 인식이 있는 것 같았다.

적대감마저 느껴졌다.

태천화는 이해하려고 노력했다.

'그래. 의원 입장에서는 그렇게 생각할 수 있겠네.'

"알았어. 싫으면 어쩔 수 없지."

태천화가 쉽게 포기하자, 오히려 신유성이 그녀를 붙잡았다.

"아, 아니야. 누가 싫대. 따라와 침을 보여줄 테니까."

신유성은 태천화에게 손짓했다.

그는 안으로 들어갔다.

태천화는 조금 망설이다, 아이를 따라갔다.

신유성은 집안의 제일 안쪽으로 들어갔다.

창고 치고는 작은 규모의 방이 있는데, 자물쇠로 잠겨 있었다.

신유성은 그 자물쇠를 열고, 안으로 들어갔다.

큰 선반이 보였고, 다시 자물쇠로 잠겨 있었다.

그걸 열자, 얇고 넓은 상자가 열 개 쌓여 있었다.

그리고 아래 선반에는 침통이 수십 개가 진열되어 있었다.

"와아아."

일반적인 침통이 아니었다.

하나하나 고급스러운 재질이었고, 화려한 용의 형상이나 금으로 된 침통도 있었다.

"흥. 겨우 이정도로 놀라기는, 진짜는 이것들이야."

신유성은 그중 얇고 넓은 상자를 하나 열었다.

상자 하나가 커다란 침통이었고, 침들이 하나씩 놓여 있었다. 긴 것, 짧은 것, 가는 것, 두꺼운 것, 다양한 침이었다.

날카롭고 반짝이는 것이 보통 물건이 아닌 건 분명했다.

"어때?"

"정말 멋지다. 비쌀 것 같은데."

"당연히 비싸지. 이 침 한통이면 집 한 채는 살 수 있어."

"으음. 그렇구나. 그런데 이걸 나한테 팔아도 돼? 그리고 지금 나에게는 그만한 돈이 없는 걸."

"나도 알아. 그냥 보여주는 거야."

그러면서 제일 밑에 있는 선반을 열었다.

안에는 손가락 크기의 목함들이 수백 개나 들어 있었다.

신유성은 그중 하나를 들어서 태천화에게 던졌다.

"자, 이건 평의원이 쓰는 일반 침이야. 보기에는 이래도, 시장에서 파는 싸구려 것보다는 훨씬 좋은 거야."

태천화는 목함을 열어 침을 확인했다.

침은 곧고, 깨끗했다.

물론 앞에 봤던 것에 비할 바는 아니지만, 괜찮아 보였다.

"정말 고마워. 얼마나 주면 될까?"

"돈은 무슨. 그냥 가져."

"정말?"

"대신 부탁 하나만 들어주면 돼."

"무슨 부탁인데?"

신유성은 아주 차갑게 말했다.

"이거 가지고 집에서 혼자 놀아. 그리고 의술은 더 이상 배우지 마."

"??"

"우린 사람 목숨을 살리기 위해 죽을 힘을 다해 공부하고 있어. 그런데 무림인이 취미삼아 의술을 배운다고? 그건 정말 못 봐주겠다. 그냥 무공만 익히고, 의술은 배우지 말란 말이야."

의원이라는 직업에 자부심을 느끼고 있는 걸까? 그래서 어쭙잖게 배우지 말라는 뜻인가?

실제로 의원 중에는 무림인들을 멸시하는 사람도 있다고 들었다.

결국 아이가 태천화를 여기까지 데려온 것도, 꼴 보기 싫다는 못된 말을 하기 위해서였다.

사람을 놀리기 위한 치기어린 행동.

태천화는 침통과 신유성을 번갈아 봤다. 그러더니 받은 침을 신유성에게 돌려주었다.

"그럼 못 받겠다. 나는 의술을 꼭 배우고 싶거든."

"왜? 그냥 무공이나 배워. 사람들 다치게 하는 그런 거나 배우란 말이야."

신유성이 짜증을 내며 소리쳤다. 태천화는 빙그레 웃으며 대꾸했다.

"난 나를 지키기 위해 무공을 익히는 거야. 진짜 내가 하고 싶은 일은 의술을 배워서 사람들을 치료해 주는 일인 걸."

"헛소리 마. 무림인들은 항상 그런 식으로 말하지. 나를 지키기 위해서라고. 하지만 결국 그 사람들 칼에 사람들은 다치고 죽는 거야."

"그럼 무림인이 없어지면, 사람들은 다치지 않을까?"

"……."

태천화의 말에 신유성은 대답하지 못했다. 하지만 계속 억울한지 사납게 노려보았다.

"여기서 뭐 하는 짓이냐!"

그때 입구에서 묵직한 목소리가 들렸다.

유생 차림의 한 남자가 서 있었다.

"아, 아버님."

신유성은 고개를 푹 숙였다.

하인들이 걱정이 되어 신유성의 아버지, 신구한에게 고한 것이다.

"어서 네 방으로 돌아가거라. 외부인에게 이 방을 보여준 벌로 천유의경을 열 번 필사하거라."

"하, 하지만……."

"어서."

"네엡."

신유성은 입술을 꾹 깨물면서 창고를 떠났다. 신구한은 태천화에게 고개를 살짝 숙였다.

"미안하구나. 우리 아이가 장난친 것 같은데."

"아닙니다. 저는 괜찮으니, 신경 쓰지 마십시오."

태천화는 방을 나가는 신유성을 힐끔 보더니, 신구한에게 말했다.

"저는 아무렇지 않으니, 너무 혼내지 마세요. 정말 괜찮습니다."

신구한은 태천화의 심성이 착하다는 걸 알았다. 그 마음가짐이 고마웠고, 기특했다.

"본의 아니게 엿들었는데, 의술을 배우고 싶다고?"

"네. 저에게 남동생이 있는데, 어릴 때 크게 다쳤거든요. 그때 마을 의원님께서 치료해 주시는 걸 보고 감명을 받았습니다. 저도 언젠가는 의술을 배워서 다른 사람들을 도와주고 싶습니다."

"배움에 있어 나이는 상관없지. 지금이라도 정성을 다한다면, 의원이 될 수 있다."

"아, 사문이 있어서요. 지금은 무공을 먼저 배우고 있습니다. 그래서 간단히 기초만 익히고 있는데, 삼 년 후에는 정식으로 의술을 배울 생각입니다."

철경과 이미 의논한 내용이었다.

본인의 자질도 한계가 있고, 의술에 더 큰 관심이 있었다. 그래서 십육 세까지만 무공을 배우고, 그 후부터는 의술을 중점적으로 배우려 했다.

그 말을 들은 신구한은 묘한 눈빛으로 태천화를 바라봤다.

그의 눈빛이 왠지 아련해 보였다. 마치 누군가를 떠올리는 것 같았다.

"내 부인, 그러니까 저 아이의 어미도 그렇게 생각했지."

"네에?"

"그녀도 무림세가의 여식이었다. 그래서 어릴 때부터 무공을 익혔지. 하지만 의술에 관심이 많았어. 너처럼 무공을 배우다가 십오 세에 집을 떠나서 의술을 시작했지. 난 신수의원에서 그녀와 처음 만난거고."

그러면서 안타깝게 중얼거렸다.

"그런데 갑자기 세가에서 연락이 왔고, 도와주러 갔지.

하지만 거기서 변을 당해서……. 유성이가 일곱 살 때 벌어진 일이야."

그때부터였다.

신유성은 삐뚤어 졌다.

어머니가 보고 싶은 만큼, 무림인을 경멸했다. 성격도 외골수로 변했고, 사람들을 차갑게 대했다.

"앞으로가 더 걱정이야."

"이해합니다. 사실 저도 어머니께서 일찍 돌아가셨거든요. 일곱 살에 돌아가셔서, 얼마나 보고 싶은지 몰라요."

"아아, 그랬구나. 미안하다."

"이제는 괜찮습니다. 그리고 너무 혼내지 마세요. 그만큼 어머니가 보고 싶은 거니까요. 대신 안아주셨으면 좋겠습니다."

"안아주라고?"

"네. 저희 아버지가 그렇게 해주셨거든요. 제가 엄마가 보고 싶다고 울 때면, 본인도 보고 싶다고 저를 안아주셨어요. 그때 마음이 풀어졌던 것 같아요."

신구한은 뭔가를 깨달은 얼굴이었다.

그동안 아이에게 화만 내고, 참으란 잔소리만 했었지, 안아준 적은 없었다.

그래서 삐뚤어진 걸까?

"충고 고맙구나."

"아닙니다. 충고라니요."

신구한은 갑자기 침통이 놓여 있는 선반으로 다가갔다.

그는 선반의 뒤쪽을 만졌다. 그러자 선반의 옆에서 문이 열렸다.

안에는 하얀 은빛의 침통이 세 개 있었다.

신구한은 잠시 고민하더니, 은빛 침통을 한 개를 들어서 태천화에게 내밀었다.

"이걸 너에게 주마."

"네에?"

"내 아내가 생전에 쓰던 물건이다. 꼭 의술을 배워서 사람들을 도와주거라."

"아아, 아닙니다. 그렇게 귀중한 걸 받을 수 없습니다."

"아니다. 네가 사용해 줬으면 좋겠다. 그리고 언젠가 네가 의술을 정식으로 배울 결심이 섰을 때, 신수의원을 찾아가거라. 가서 이 침통을 보여주면, 작은 기회 정도는 줄 것이다."

태천화는 몇 번이고 거절했다.

하지만 신구한은 이미 결심을 굳힌 듯, 꼭 건네주었다.

태천화가 아내의 유품을 보면서 지금 같은 생각이 변함 없기를 바랐다.

결국 태천화는 그 침을 받았다.

"그럼, 이 침의 주인이신 분의 성함을 알 수 있을까요?"

"황모림. 황보세가의 황보림이였다."

태천화는 그 이름을 여러 번 되뇌었다.

수선화와 제갈민, 태천화는 따로 움직였다.

하지만 반대로 산호와 원주, 태천부는 꼭 붙어 다녔다.

그럴 수밖에 없는 것이 원주는 아직 이 세상에 대해서 잘 몰랐다.

또 태천부는 낯을 가려서 혼자 떨어질 엄두를 내지 못했나.

그래서 산호 도장 옆에 붙어 있었고, 같이 다니게 되었다.

세 사람은 무작정 앞으로만 걸었다. 신기한 걸 보고, 간식도 사먹으면서 시간을 보냈다.

그러다가 원주가 물었다.

"산호. 배고프다. 밥은 언제 먹냐?"

"아, 그러고 보니 벌써 밥 때가 되었네. 그럼 우리 밥부터 먹을까? 천부야 괜찮지?"

"네, 네엡."

세 사람은 맛있는 음식을 찾기 위해 식당을 찾아다녔다.

그러다 유독 사람들이 모여 있는 곳을 발견했다.

"어이쿠. 결국 실패했군."

"쯧쯧. 조금만 더 먹으면 되는데."

"야. 할 수 있어."

"안 돼. 나는 도저히 못 먹겠어."

"아깝다."

세 사람은 궁금해서 가까이 다가갔다.

국수를 파는 가게였는데, 입구에 커다란 글씨로 적혀 있었다.

[특제 국수를 다 먹으면 공짜.]

그리고 점소이 한 명이 계속 소리쳤다.

"자자, 어서 도전하세요. 이번 우리 마을 잔치를 위해 특별 행사를 진행합니다. 우리 숙수님의 특제 국수를 다 먹으면 공짜예요. 공짜."

산호가 중얼거렸다.

"재미있겠는 걸. 우리도 해보자."

"저, 저는 잘 모, 못 먹는데요."

태천부의 말에 산호는 빙그레 웃었다.

"우리에게는 원주가 있잖니. 원주, 많이 먹을 수 있지?"

"나, 배고프다. 많이 먹는다."

세 사람은 가게 안으로 들어갔다.

들어서자마자 사람들의 시선을 끌었다. 모두 원주만 바라보았다.

지금 원주의 외모는 과거와는 많이 달라졌다.

큰 장포를 입어서 온몸의 문신을 가렸고, 눈썹과 머리카락은 조금씩 자라고 있었다.

지금 보면 보통 사람과 다름없었다. 누구도 땅속에 있던 원주민이라고 눈치 치지 못할 것이다.

다만 그의 체구가 눈에 띄었다.

구척이 넘는 큰 키와 떡 벌어진 어깨는 철경만큼이나 사람들의 관심을 끌었다.

더구나 이곳은 많이 먹는 사람을 위한 가게였다.

누가 봐도 많이 먹을 것 같은 원주가 등장하자, 호감을 보였다.

"야야. 저기 봐."

"우와. 특제 국수 두 그릇은 먹겠는 걸?"

"그렇지?"

세 사람이 의자에 앉자, 객잔 주인이 직접 다가왔다. 그는 살짝 긴장된 얼굴로 물었다.

"저어, 세 분이 다 도전하실 건가요? 특제 국수 한 그릇 다 드시면 공짜, 못 먹으면 열 냥입니다."

일반 고기국수가 반 냥이니 열 냥이면 굉장히 비싼 편이다.

산호 도장이 물었다.

"혹시 제가 다 못 먹으면, 이 친구가 나머지를 먹어도 됩니까?"

“죄송하지만 그건 곤란합니다.”

“그럼, 아쉽네요.”

아무래도 도전은 원주 한 사람만 해야 할 것 같았다.

주인이 웃으며 말했다.

“저희는 국수 외에도 다양한 요리를 팔고 있습니다. 그것도 같이 드셔보시지요.”

“알겠습니다.”

산호도장은 원주를 위한 특제 국수 하나와 일반 국수 두 개, 요리 하나를 시켰다.

그런데 잠시 후에 입구가 소란스러웠다.

“푸하하. 이거야말로 나를 위한 행사구만.”

“형님, 한 그릇 가지고 되겠습니까? 세 그릇은 먹어야 속이 찰 것 같은데요.”

“그렇지. 그 정도는 되어야 잘 먹었다 할 수 있지.”

세 사람이 들어왔다.

그중 한 명이 거의 원주만큼 체구가 컸다.

키는 작은데, 옆으로 더 벌어졌다. 특히 배가 크게 튀어나온 것이 정말 많이 먹을 것 같았다.

그들 역시 사람들의 시선을 끌었다.

손님 중에는 그를 아는 사람도 있었다.

“왕돈이다. 왕돈이 왔어.”

“옆마을의 그 왕돈? 정말 많이 먹는다면서?”

"그래. 새로 시작한 가게에서 식재료가 떨어질 때까지 먹은 적이 있다던데."

"어쩐지 한 번은 올 것 같더라니. 오늘 나타났군."

왕돈은 어깨를 힘을 주면서, 배에 슬쩍 만졌다.

그러다가 원주를 보고 흠칫 놀랐다.

그리고 자기들끼리 속닥였다.

"저 녀석은 뭐야? 나보다 더 큰 놈이 있다니."

"좀 많이 먹을 것 같은데요."

"그래도 형님이 이길 겁니다. 배 크기가 다르잖아요."

점소이가 다가왔고, 그는 호기 있게 소리쳤다.

"특식 두 개와 일반식 두 개. 특식 두 개는 내가 다 먹는다."

명백히 원주를 의식한 말투였다. 반면 원주는 신경 쓰지 않는 것 같았다.

음식은 원주 쪽에 먼저 나왔다.

특제 국수는 그릇 크기부터 남달랐다.

일반 국수 그릇이 성인남자 얼굴 크기 정도인데, 특제 국수 그릇은 탁자 반을 채울 정도였다.

국수 양도 산처럼 쌓여 있었고, 고명도 눈에 띄게 특별했다. 닭 한 마리가 통째로 올라가 있고, 팔뚝만 한 돼지고기 수육이 가득 있었다.

이 정도면 열 냥을 낸다고 해도 아깝지 않을 것 같았다.

산호는 혀를 내두르며 감탄했다.

"허어. 그런데 굉장히 많구나. 장정 다섯 명이 먹어도 되겠는 걸?"

태천부는 놀라서 멍하니 바라봤고, 원주는 입맛을 다셨다.

그리고 본격적으로 먹기 시작했다.

아구아구.

후루루루.

쩝쩝.

국그릇에 코를 박고 고개를 한 번도 들지 않았다. 커다란 입을 벌린 채 면과 고기를 계속 밀어 넣었다.

"오오. 이집. 맛있다. 맛있어."

간헐적으로 맛있다는 말만 할 뿐이다.

그런데 반쯤 먹었을까?

갑자기 그가 고개를 들었다. 그리고 산호 도장을 불렀다.

"산호."

"왜? 더는 못 먹겠어?"

원주는 고개를 저었다.

"아니다. 더 먹고 싶다. 흐름 끊기면 안 된다. 더 시켜라."

"아, 그래. 하나 더 시킬까?"

"아니, 두 개. 두 개 더 시켜라."

산호는 놀라서 다시 물었다.

"두 개? 정말 두 그릇 더 먹을 수 있겠어?"

"당연하다. 빨리 시켜라. 흐름 끊기면 안 된다."

원주는 다시 고개를 숙였고, 면은 빠른 속도로 없어졌다. 산호는 그의 말대로 특제 국수 두 그릇을 추가 주문했다.

그러자 사람들은 난리가 났다. 모두 이쪽을 보면서 수근거렸다.

"두 그릇? 지금 두 그릇을 더 시킨 거야?"

"허어. 덩치를 봐서 많이 먹는다 생각했는데,"

"아니야. 그래도 세 그릇은 무리야. 먹고 남길 걸."

"난 다 먹을 거 같은데."

"내기 할래?"

그들은 원주를 힐끔거리며, 신이 나서 속삭였다.

나중에 들어온 세 명의 일당도 마찬가지였다.

그들도 원주가 먹는 모습에서 눈을 떼지 못했다.

특히 왕돈은 상당히 긴장한 얼굴로 침을 삼켰다. 마침내 음식이 도착했다.

왕돈도 힘차게 먹기 시작했다.

후루루룩.

그도 만만찮았다.

특히 흡입하는 힘이 대단했다. 한 번 면을 빨아드리니, 국수가 끊임없이 위로 올라갔다.

젓가락으로 면을 계속 들어올리고, 거의 씹지도 않고 삼켰다.

후루루루루루.

그는 놀라운 속도로 그릇을 비워갔다.

속도만은 원주 이상이었고, 늦게 시작했음에도 거의 동시에 한 그릇을 비웠다.

그는 먹으면서도 계속 원주를 신경 썼다.

원주 역시 어느 순간 그를 보고 있었다.

두 사람은 거의 동시에 두 그릇째에 돌입했다.

후루루.

꿀꺽, 꿀꺽.

말은 하지 않는다.

오직 먹는 소리만 들릴 뿐.

하지만 이곳은 어느 전장보다 치열했다. 다른 사람들도 숨을 죽인 채 두 사람을 지켜봤다.

이미 한 그릇을 먹었기에 가격은 공짜였다.

이제 관심은 누가 많이 먹을 것인가? 과연 가게의 신기록이 나올 것인가?

그게 궁금했다.

실제로 가게 한 편에는 명단이 적혀 있었다.

두 그릇을 먹은 사람,

장식두. (특식 두 그릇에 만두 한 접시)

송섭호. (특식 두 그릇)

…….

총 열다섯 명이다.

그리고 세 그릇을 먹은 사람은 아직 두 명밖에 없었다.

"둘 다 세 그릇은 넘을 것 같은데?"

"설마 궁극의 네 그릇이 나오진 않겠지?"

"모르지."

"자넨 누가 이길 것 같은가?"

"뚱뚱한 앙빈이지."

"왜?"

"많이 먹었다는 뜻이잖아. 위의 크기가 남다를 걸."

여기저기서 수군거리는 소리가 들렸다.

그만큼 관심을 받는 가운데 갑자기 뚱뚱한 남자, 왕돈이 젓가락을 멈추었다.

그리고 기침을 크게 했다.

쿨럭쿨럭.

입안에 있던 음식을 일부 뱉었고, 목이 아픈지 괴로워 보였다.

주위 사람들은 모두 그를 보았고, 어떻게 할지 궁금한 눈치였다.

그때 왕돈이 크게 소리쳤다.

“난 아직 더 먹을 수 있소. 그리고 공정성을 위해 국수를 한 젓가락을 더 먹겠소.”

그는 옆에 있는 친구의 국수를 크게 한 젓가락 집어 먹었다.

그러자 사람들이 환호성을 질렀다.

“와아아. 진정한 먹신이구나.”

“그래. 공평하다.”

“마음가짐이 너무 좋다. 져도 이긴 거다. 이긴 거나 진배없다.”

심지어 원주조차 엄지손가락을 치켜들었다.

그리고 먹는 것을 잠시 멈추었다. 그도 왕돈을 인정했고, 같이 시작하려는 뜻이었다.

왕돈은 엄지를 들면서 외쳤다.

“좋소. 우리 정정당당하게 승부를 겨뤄봅시다.”

둘은 먹는 것으로 통했고, 같이 국수를 먹기 시작했다.

벌써 두 그릇을 넘어섰고, 세 그릇째 돌입했다.

그러던 중, 원주가 갑자기 한 손을 번쩍 들었다. 그리고 손가락 하나를 올리며 말했다.

“한 그릇 더.”

그 한마디에 사람들은 환호했다.

“와아아아.”

"드디어 신기록이 나오는가?"

"아직 몰라. 네 그릇째 먹다가 포기한 사람이 한둘인가?"

왕돈도 질세라 소리쳤다.

"나도 한 그릇 더!"

결국 두 사람은 네 그릇째에 돌입했다.

'힘들다. 배가 터져서 죽을 것 같아.'

왕돈은 면이 목구멍에서 튀어나오려는 걸 간신히 막았다. 그리고 억지로 새로운 면을 밀어 넣었다.

그렇게 꾸역꾸역 억지로 삼킬 때였다.

원주와 눈이 마주쳤다.

그는 웃고 있었다.

입가에 떠오르는 승리의 미소를 보는 순간, 왕돈은 주먹을 움켜쥐었다.

'그래. 이대로 질 수 없어. 그동안 내가 얼마나 많은 고기를 먹었던가? 토할 때까지 먹으면서 위를 늘였다. 이까짓 국수에 굴복할 순 없어.'

그는 필살기로 바지를 감싸고 있던 허리춤을 완전히 풀었다.

배를 조르던 모든 것이 사라지면서 마음이 편해진다. 그리고 식도를 열고 씹지 않았다. 마시듯이 국수를 삼켰다.

그렇게 국수를 반이나 먹었다.

먹신이라 불리는 자존심이 있지. 외지인에게 절대 질 수 없는…… 우욱.

신호는 갑자기 찾아왔다. 그리고 불행이 쏟아졌다.

우에에엑.

토하기 시작했고, 왕돈의 입에서 면이 분수처럼 튀어나왔다. 결국 감당하지 못 했고, 먹던 걸 모두 토해냈다.

왕돈이 진 것이다.

패자는 말이 없이 사라질 뿐이다.

그는 사람들의 머릿속에 잊어졌다. 이제 한 사람만 바라보았다.

원주였다.

과연 네 그릇을 비울 수 있을 것인가? 성공해서 새로운 역사를 쓸 수 있을까?

그러고 보니 원주도 먹는 속도가 조금 느려졌다. 게다가 표정도 좋지 않았다.

방금 토하는 모습을 본 터라 산호는 걱정되었다.

그가 원주에게 조용히 물었다.

"괜찮아? 힘들면 안 먹어도 돼. 무리하지 마."

그러자 원주는 피식 웃어 보였다. 거기에는 많은 것이 함유되어 있었다.

산호에게 속삭였다.

"넌 아직 모른다. 내가 얼마나 많이 먹는지."

"뭐?"

"나는 괜찮다."

"하지만 조금 전에는 힘들어 보이는데."

"다른 사람들이 보고 있으니까."

"……."

"재미는, 있어야지."

그러니까 사람들이 기대를 채워주기 위해서 일종의 연기를 한 셈이다.

하하, 이제 문명에 완전히 적응했구나.

산호는 속으로 피식 웃었다.

다행히 원주는 이 사회에 어울리고 있었고, 충분히 즐기고 있었다.

그래서 마음 놓고 지켜보았다.

그러다가 문득 깨달았다.

'엇. 천부는 어디 갔지?'

태천부가 보이지 않았다.

태천부는 원주가 두 그릇째 먹을 때까지 가게 안에 있었다.

그가 먹는 걸 보고, 웃으며 바라보았다.

그러다가 창밖을 봤고, 살짝 놀랐다.

창밖의 거리에는 두 명의 아이들이 있었다.

태천부만큼 어려 보이는 남자아이와 태천화와 비슷한 나이 때의 여자아이였다.

그들이 입은 옷은 너무나 더러웠다. 마치 누가 버린 걸 주워 입은 것 같았다.

게다가 너무 말랐다.

툭 치면 부러질 정도였고, 뼈만 남았다.

그런 아이들은 침을 꿀꺽 삼키면서 가게 안을 쳐다보고 있었다.

특히 탁자 위에 있는 음식들을 보면서 눈을 떼지 못했다.

한눈에 배가 고프다는 걸 알 수 있었다.

여기는 웃고 떠돌고 있는데, 밖에는 저렇게 불쌍한 아이들이 있다니.

괴리감을 느껴졌다.

그리고 두 아이의 모습에서 자신과 누나의 모습을 떠올렸다.

그때 만약 철경이 나타나지 않았다면?

집에서 쫓겨났을 테고, 할아버지는 깨어나지 못했을 것이다.

아버지도 힘들어하실 테고, 결국엔…… 어쩌면 누나와 나도 저렇게 되지 않았을까?

그런 생각이 들자, 가만히 있을 수 없었다.

'저 아이들을 도와주자.'

내가 도움을 받았듯, 남들을 돕고 싶어졌다.

태천부는 낮에 철경에게서 받은 돈을 꺼냈다. 그중 오십 냥을 꺼내어 가게 밖으로 나갔다.

"이, 이거……."

그는 아이들에게 오십 냥을 주었다.

아이들은 깜짝 놀랐다.

가끔 동냥을 받지만, 이렇게 큰돈은 처음이었다.

"우리한테 주는 거야?"

여자아이가 물었고, 태천부는 고개를 끄덕였다.

그러자 녹수라가 병아리를 채듯, 아이들은 돈을 가져갔다.

그리고 달아났다.

달리면서 두리번거리는 것이 누군가를 경계하는 것 같았다.

조금 이상하게 생각했지만, 태천부는 잘 가라고 인사까지 했다.

손을 흔들어준 뒤, 다시 가게 안으로 들어가려 했다.

퍼억.

"꺄악."

"누, 누나. 누나!"

그런데 비명소리가 들리고, 방금 전에 돈을 가져갔던 여자아이가 쓰러졌다.

남동생은 누나를 부르며 안으려 했만, 그러지 못했다.

거지 한 명이 남자아이를 번쩍 들었다. 다른 거지도 쓰러진 여자아이를 들쳐 업고, 골목으로 사라졌다.

왜 때린 거지?

저 아이들을 어쩌려는 거야?

태천부는 아이들이 걱정되었다.

가게 안으로 들어가서 산호를 불러야 되는데.

하지만 벌써 거지 두 명이 보이지 않았다. 자칫 놓칠 수도 있었다.

태천부는 잠깐 망설이다가 골목으로 뛰어갔다.

그 남매가 너무 걱정되었다.

"허억. 헉."

있는 힘껏 달렸다.

금방 골목길로 들어섰고, 주위를 둘러보았다.

마침 오 장 앞에서, 왼쪽으로 들어가는 거지들을 볼 수 있었다.

다시 달렸다.

그리고 골목으로 들어가는 순간, 깜짝 놀랐다.

골목 안에는 거지들이 우글우글 모여 있었다.

최소 스무 명이 넘었다.

골목 하나를 완전히 장악하고 있었고, 가운데 아이들은 쓰러져 있었다.

그리고 태천부가 줬던 돈은 거지들 손에 있었다.

“와하하. 오십 냥이라니.”

“오늘 횡재했구나.”

누군가 물었다.

“분타주. 이 애들은 어떡할까요?”

“이 거지 새끼들은 우리 방에 언제 들어왔다고 했지?”

이 지역의 분타주는 코를 파면서 물었다. 그러자 거지 한 명이 고개를 저었다.

“네에? 아닌데요. 우리 방 아이들이 아닙니다.”

“아냐?”

“네. 이번 축제 때문에 다른 마을에서 흘러들어 온 애들입니다.”

세상의 모든 거지들이 개방은 아니다.

일단 개방에 들어오고 싶으면, 삼 년간 매듭이 없는 백의개로 지낸다.

일종의 수습거지였다.

그때는 위에서 시키는 일은 무조건 해야 한다. 그리고 동냥을 받으면 받은 것의 구 할을 분타주에게 상납했다.

그리고 삼 년이 지나면 정식 방원이 되는데, 그제야 ‘개목’이라 하여 인정을 받았다.

반면 개방이 아닌 거지들은 철저히 무시했다.

개방의 구역 내에서는 구걸도 못 하게 하고, 만약 구역을 침범하면 때려서라도 쫓아냈다.

다만 아이들은 제외였다.

특히 나이가 열 살 미만의 애들은 좋은 말로 타이르고 다른 마을로 보내는 경우가 대부분이었다.

이렇게까지 때리고, 가진 돈을 뺏는 경우는 극히 드물었다.

"흠흠. 그래?"

분타주도 그런 관례를 알기에 조금 민망했다.

그는 인상을 쓰며 소리쳤다.

"야. 우리 애들도 아닌데 왜 이렇게 만들었어?"

사납게 생긴 거지 한 명이 대답했다.

"어제부터 이 근방에 돌아다니기에 경고를 했었죠. 그런데 제 경고를 무시하고 오늘 또 나타난 겁니다. 그래서 제가 혼쭐을 내줬습니다."

"야. 애들이 한 번 말한다고……. 끄응. 됐다. 저 꼴통이 내 말을 들을 것도 아니고."

그는 개방 내에서도 알아주는 골통 거지였다.

성정이 포악하고 말을 듣지 않아 매번 애를 먹었었다.

다른 거지가 분타주에게 물었다.

"이 아이들, 어떡할까요?"

"끄응. 그냥 마을 밖에 두고 와."

"네에? 안 됩니다. 일벌백계(一罰百戒)하여 다른 거지들에게 경고를 줘야죠."

골통 거지가 반대했다.

"지랄한다. 괜히 문자 쓰지 말고, 시키는 대로 해."

"그래도……."

"야아. 너 죽을래?"

개방의 위계질서는 보기보다 엄격하다.

특히 분타주에게 대들면 때려죽여도 할 말 없었다.

더구나 분타주는 정식으로 무공을 익혔고, 골통거지는 겉핥기로 배웠었다.

그렇게 상황이 정리되는 듯 보였다.

그런데 쓰러져 있던 여자아이가 분타주의 다리를 붙잡았다.

"내, 내 돈이야. 돌려줘."

"하아. 꼬마야. 여긴 우리 개방이 관리하는 구역이란다. 여기서 구걸을 하면 안 돼."

"내 돈이야. 우리 돈이야. 돌려줘."

여자아이는 말을 듣지 않았다.

자기 할 말만 했고, 분타주는 한숨을 쉬더니 그냥 가려했다.

그런데 골통이라 불리던 거지가 갑자기 아이를 발로 걷어찼다.

퍼억.

여자아이는 입에서 피를 토하며 날아갔다.

분풀이로 아이를 때린 것이다.

"야아. 우리 누나 때리지 마."

남자 아이가 골통 거지를 주먹으로 쳤다. 하지만 솜방망이에 불과했다.

"크큭. 이것 보세요. 이런 애새끼들은 맞아야 말을 듣는다니까요."

골통이 눈을 희번덕거리며 히죽였다.

'이런 사파보다 사악한 놈.'

분타주는 한마디 할까 망설이다가 귀찮아서 고개를 돌렸다.

다른 거지들도 마찬가지였다.

"그렇지. 애들은 맞으면서 배우는 거야."

"크큭. 그래."

골통 거지는 남자아이의 머리카락을 붙잡았다. 그리고 주먹으로 때리려 했다.

그때 태천부가 끼어들었다.

그는 개방의 규칙 따위는 모른다.

심지어 이들이 개방인지도 몰랐다. 하지만 아이들을 때

리는 놈이 나쁘다는 건 알고 있었다.

목하시류결을 일으키며, 앞으로 달려갔다.

경공을 사용하며 최대한 속도를 높였고, 힘껏 뛰어서 온몸으로 골통 거지를 쳤다.

퍼억.

“크흑.”

골통거지는 갑작스러운 충격에 옆으로 넘어졌다.

태천부는 금방 일어서서 발로 골통 거지의 얼굴을 걷어찼다.

콰직.

“아악. 내 코!”

일단 싸우기 시작하면, 전력을 다한다.

철경에게 배운 말이었다.

진서의 수련도 견뎠고, 허종과 매일 싸우면서 실전도 겪었다.

아홉 살이지만, 무공수준은 아홉 살을 넘어섰다.

개방 거지들도 의무적으로 무공을 배워야 한다.

하지만 거지의 특징이 무엇인가?

게으름이다.

그들은 거지답게 게을렀고, 무공 수련 따위는 하지 않았다. 그래서 일부분을 제외하고는 대부분 삼류수준이었다.

때문에 다른 거지들도 골통 거지가 당할 때도 멍하니 쳐다봤다.

골통 거지가 비명을 지르고 못 일어나자, 그제야 태천부를 향해 달려들었다.

그 수는 스물이 넘었다.

그들과 다 싸우는 건 무리였다.

태천부는 철경의 가르침이 생각났다.

'싸우다가 불리하면, 도망쳐라. 유리한 상황이 나타날 때까지 달아나서 후일을 도모한다.'

목숨이 걸려 있는 싸움에서는 명예, 부끄러움, 자존심 따위는 버려야 한다고 배웠다.

태천부는 그의 말을 충실히 따랐다.

먼저 쓰러져 있는 여자아이를 업었다. 그리고 남자아이에게 소리쳤다.

"따, 따라와!"

태천부는 반대쪽 골목길로 달아났다.

"저 새끼는 뭐야."

"잡아서 물어보면 되지."

"쫓아가."

수십 명의 거지들이 태천부를 쫓았다.

철경의 말이 다시 떠올랐다.

'싸움이 시작되면 시야를 넓혀라. 앞에 있는 적만큼 주변 환경도 중요하다. 계속 살피면서 내게 유리한 곳을 찾

아야 한다.'

'어떤 상황에 처하든 냉정하게 생각해라. 어떻게 하면 이길 수 있을지 끊임없이 생각해야 해.'

태천부는 생각했다.

지금 상황에서 어떻게 하면 좋을지.

그가 봤을 때, 두 가지 방법이 있었다.

첫째는 산호가 있는 가게까지 도망친다.

거기까지 가면, 도움을 받을 수 있었다. 하지만 거기까지 갈 수는 없을 것 같았다.

여자아이를 업고 있었고, 바로 옆에는 남자아이가 따라온다.

열심히 뛰지만, 너무 느리다. 금방 잡힐 것 같았다.

두 번째 방법은 싸운다.

어떻게?

이 골목길은 넓은 편이다.

두세 명이 한 번에 덤빌 수 있고, 앞뒤로 포위를 당할 수 있다.

여긴 불리했다.

더 좁은 골목길로 가서 한 명씩 싸워야 한다.

그래야 이길 수 있었다.

그런데 이 아이들은 어떻게 하지?

같이 있으면, 방해 된다. 이길 수 없다.

그럼 어떻게?

'나에게 시선을 집중시킨다면 가능해.'

거기까지 생각한 후, 태천부는 왼쪽 골목길로 들어갔다.

복잡한 골목을 몇 번 돌면서 거지들이 안보일 때를 기다렸다.

그리고 업고 있던 여자아이를 내려놓았다. 구석진 곳에 눕혀 두고, 남자아이에게 숨어 있으라고 말했다.

그리고 태천부는 등에 매고 있는 검을 뽑았다.

채앵.

돌아서서 거지들을 향해서 힘껏 달려갔다.

진서가 했던 말이 생각났다.

'싸움에 웬 공정함? 그런 건 필요 없어. 적은 네가 어리다고 봐주지 않아. 그러니 너도 봐주지 마. 무슨 방법을 써든 이겨야 해. 상대가 거지든, 아이든, 검을 뽑았으면 무조건 죽이겠다는 생각으로 싸워.'

그리고 태천부에게 목검이 아닌 진검을 주었다.

매일 직접 날을 갈아야 한다며, 작은 숫돌도 주었다.

토끼나 사슴을 잡아 베는 연습을 시켰고, 매일 진검을 휘두르게 했다.

그녀는 태천부를 작은 아이가 아닌, 한 명의 무인으로 수련시켰다.

스걱.

"으아악."

"뭐야. 이 새끼. 진검을 지녔어."

"우아악. 피해!"

거지들은 놀라서 피했다.

처음에 우습게 봤었다. 그리고 방심의 대가로 다섯 명이 넘게 크게 다쳤다.

태천부도 가슴이 두근거린다.

사람을 베는 건 처음이었다.

하지만 멈추지 않았다. 오히려 검에 힘을 주었다.

지금 물러서면 아이들이 위험해질 수 있으니까.

그가 사용하는 검술은 철경이 만든 것이다. 거기에 진서가 보안을 해주었고, 초식 곳곳에 다양한 검술들이 묻어 있었다.

"화련시시"

이 초식은 사흑파의 백면객 검술을 따라한 것이다.

그의 환검보다는 못하지만, 어딘가 비슷했다. 예측하기 힘든 방향으로 검이 휘몰아치는데, 개방의 거지들이 막을 수준이 아니었다.

"야이. 천둥벌거숭이 같은 새끼야!"

그때 분타주가 달려왔다.

분타주는 무공을 상당 수준까지 익힌 고수였다.

일류 이상으로 경공부터 남달랐다.

태천부 역시 그는 다르다는 걸 깨달았다. 검을 둥근 달처럼 크게 휘두른 뒤, 다시 몸을 돌려 달아났다.

아이들이 숨어 있는 골목과는 다른 방향이었다.

그리고 더 복잡한 골목길을 찾아다녔다.

분타주를 비롯하여, 개방 거지들은 태천부를 쫓아다녔다.

제갈민은 유생과 함께 큰 집에 방문했다.

노인이 두 사람을 반겼는데, 오래전에 퇴역한 장군이라 했다.

"장군님치고는 책을 많이 가지고 계시네요."

"허허. 늙은이가 할 일이 없어서 말이야. 소일거리로 한 권 두 권 모으다 보니 꽤 모았지."

방이 열 개가 넘는 집이었다. 그런데 그중 다섯 개의 방이 책으로 가득 차 있었다.

그런데 이상하게 사람이 없었다.

부인이나 자식들도 없었고, 하인 하녀들도 보이지 않았다.

제갈민은 이 방, 저 방을 기웃거렸다.

그사이 유생이 제갈민에 대해 짧게 설명했다.

"이 아이가 바로 그 유명한 제갈세가의 여식입니다."

"오오. 그런가?"

"그때 그 고서 있잖습니까?"

"아아. 그렇지. 이 아이라면 풀 수 있겠구나. 잠시만 기다려 보게."

노인은 곧 비단에 쌓인 책을 가지고 왔다. 탁자 위에 올려놓고, 조심스럽게 비단을 풀었다.

스르륵.

낡은 고서가 모습을 드러냈다.

'호오오.'

처음에 제갈민은 유별나다고 생각했었다. 하지만 고서를 보는 순간, 그럴 만하다고 여겼다.

그녀는 자신도 모르게 고서 앞으로 다가갔다. 조심스럽게 책을 만지면서 물었다.

"이건, 천 년 전의 물건 같은데요?"

"그렇네. 한눈에 알아보는군."

유생도 한마디 했다.

"이 아이가 제가 가진 고서가 가짜라는 것도 한눈에 알아봤습니다. 참, 그때 가짜라는 건 어떻게 알았지?"

제갈민은 고서를 아주 천천히, 보물을 다루듯 책장을 넘기면서 대답했다.

"제일 큰 차이점은 종이의 재질로 알 수 있어요. 가짜는 낡게 보이려고, 일부러 더럽게 만들고, 훼손시키기도 하는데요. 종이의 질감은 어쩔 수 없거든요. 고서는 종이의 질감이 독특해요. 각 시대에 따라 종이가 발달해 왔으니까요."

그 시대에 맞는 종이가 있었다.

그게 다르면 일단 의심을 해야 한다.

"우리가 사용하는 종이는 후한시대에 '채륜'이란 분에 의해 만들어졌어요. 식물에서 섬유를 분리한 뒤, 얇은 막으로 걸러서 떠내는 방식이죠."

유생과 노인은 놀라서 서로를 바라봤다.

제갈민은 신경 쓰지 않고, 계속 설명했다.

"물론 그전에는 동물의 표리에 기록하거나 죽간을 이용했고요. 다 아시겠지만요."

"흠흠. 그렇지."

"고서는 책의 질감이 나쁠 수밖에 없어요. 아무래도 초기 물건이니까요. 그리고 두 번째로 구분할 수 있는 방법은 먹물의 성분이고, 세 번째는 붓의 형태로…… 오오. 이건 진품이네요. 확실히 후한시대에 만들어진 초품이에요."

안에 적힌 내용을 떠나서, 그것만으로도 큰 가치가 있었다. 게다가 보관 상태도 훌륭했고, 제갈민은 살짝 흥분했다.

노인도 흥분하여 물었다.

"혹시 번역도 가능한가?"

"당연하죠. 이 글자는 후한 이전, 진나라가 통일하기 전의 문자네요. 사실 이걸 해석할 수 있는 사람은 전국에 많지 않죠. 물론 저도 가능하고요. 흐음. 흥미로운데요?"

사실 제갈민은 조금 전부터 이 책을 번역해서 읽고 있었다.

아무런 참고 자료도 없이, 따로 적지도 않으면서.

그냥 읽으면서 바로 해석했고, 옆의 유생은 혀를 내두르며 감탄했다.

정말 대단하구나.

그런데 읽고 있는 제갈민의 표정이 굳어졌다.

점점 딱딱해지면서 심각해졌다.

'이 고서, 마교의 물건이잖아?'

그것도 마교로 변하기 전, 일월신교를 처음 만든 초대 교주가 쓴 자서전이었다.

처음 부분은 어떻게 다섯 명이 모였고, 왜 일월신교를 만들었는지에 대해 적혀 있었다.

그리고 후반부에는 한 가지 무공과 심법에 관련된 것도 적혀 있었다.

지금 당장 외울까?

그렇게 마음먹었다가 생각을 바꾸었다.

이 책은 분명 마교에 귀중한 물건 일 것이다. 그럼 이 물건으로 그들과 협의를 할 수 있었다.

'어쩌면 사부님에게 도움이 될 거야.'

제갈민은 눈치가 빠르다.

반건위와의 내기에서 이기기 위해, 마교의 돈을 빌린 것을 알았다.

물론 여불위의 후손이 도와줬다고 둘러댔지만, 눈치를 보니 마교에서 조건을 걸었다.

그래서 수선화가 계속 따라오고 있을 거라 생각했다.

이런 상황에서 이런 책이 있다면, 철경에게 큰 도움이 될 것이다.

게다가 아무리 제갈민이더라도, 자세히 번역하려면 시간이 필요했다.

최소 삼 일 밤낮은 파고들어야 완벽한 해석이 가능할 것 같았다.

제갈민은 결심을 굳혔다.

“이 고서, 저에게 파세요. 아니, 팔아야 합니다.”

유생은 깜짝 놀라 말렸다.

“너, 무슨 말을 하는 거니? 네 말대로 진품이라면, 굉장히 귀중한 물건이야.”

제갈민은 품속에서 돈을 꺼냈다.

“백 냥이에요. 선금으로 드리고, 사부님께 말씀드리고 원하는 금액을 맞춰드릴께요.”

“안 돼. 네가 돈을 아무리 많이 줘도 장군님은 절대 안 판…….”

“어차피 서림에 기증하실 생각이잖아요.”

“뭐?”

유생은 깜짝 놀라 노인을 바라봤다.

노인도 허를 찔린 듯 크게 놀랐다.

노인은 신기하다는 듯, 제갈민에게 물었다.

"정말 놀라운 아이구나. 내가 기증하려는 건 어떻게 알았느냐? 아직 아무에게도 얘기 한 적 없는데."

"이런 말씀은 죄송스럽습니다만, 목숨이 얼마 남지 않으신 것 같아서요. 집안에 아무도 없는 것 보니, 가족들도 없으신 것 같고, 집안 규모에 비해 하녀 수도 작아요. 무엇보다 다른 방은 청소를 거의 안 했고, 마치 죽을 준비를 하신 것 같았습니다."

"허허허."

"사실입니까? 장군님."

유생은 걱정스럽게 물었다.

노인은 웃으면서 고개를 끄덕였다.

"맞네. 이 개월 정도 남았다고 하더군."

"치료를 하셔야죠."

"과거 어의를 지낸 친구가 그러더군. 각종 비싼 약재를 사용하면 몇 년은 더 살 수 있다고. 하지만 그럼 뭐 하나? 나 혼자서."

부인은 작년에 잃었고, 자식들 역시 전쟁과 병으로 떠나보낸 노인이었다.

"나는 기쁜 마음으로 부인을 만나러 갈 생각이네. 그래서 그전에 집과 재산을 처분하려 했지."

"그럼 정말 이 모든 책을……."

"맞아. 기증할 생각이었어. 허허허. 이 아이가 아주 정확히 파악했구나."

그리고 제갈민에게 물었다.

"혹시 이 책 내용을 물어봐도 될까?"

"무림방파의 초대 문주가 쓴 자서전 같습니다. 그런데 그 문파가 상당히 위험한 곳이라서요."

"그렇군. 우리 같은 사람들은 목숨이 위태로울 수 있다. 이 말이지?"

"아마도요."

"그럼 너는 이 책을 가져가서 어떻게 사용할 생각이냐?"

제갈민은 잠깐 생각 끝에 솔직하게 대답했다.

"우리 사부님이 그 문파와 관련이 있습니다. 그래서 책을 해석해서 사부님께 드릴 생각이에요. 도움이 되셨으면 해서요."

그러자 노인은 빙그레 웃었다. 그리고 탁자 위에 있는 백 냥을 받았다.

"이제 되었다. 이 고서는 네 것이니 가져가거라."

"어, 정말요?"

"그래."

제갈민은 조금 놀랐다.

솔직히 이렇게 쉽게 고서를 가질 줄은 몰랐다.

유생의 말처럼, 최소 만 냥은 넘게 받을 수 있는 물건이었다.

그런데 이렇게 쉽게 준다고?

그때 노인이 말했다.

"보검은 다룰 수 있는 사람 손에 들어가야, 빛을 발하지. 고서 역시 해석할 수 있는 사람 손에 가야 한다고 본다."

"감사합니다."

"그리고 네 말이 참으로 마음에 드는구나."

"네에?"

노인이 옛 기억을 떠올리며 말했다.

"나는 평생을 나라를 위해 살아왔다. 큰아들은 나를 따라와서 전쟁에서 죽었고, 둘째 아들이 병으로 죽을 때도 죽을 때도 나는 전장에 있었지. 그런데 어느 날, 집으로 가라고 하더군. 황제가 바뀌면서 충성스러웠던 장군들은 강제로 전역을 당한 거야. 그리고 내 옆에 있었던 사람은 부인뿐이었지."

그는 담담하게 물었다.

"아이야. 너는 가족이 있느냐?"

"……없어요."

"그럼 너의 사부는? 그를 챙기는 것 보니, 가족 이상인 것 같은데."

"뭐, 친하게 지내긴 하죠."

"방금 전, 너의 말투와 눈빛으로 사부를 아낀다는 걸 알았다. 그러니 누구보다 잘 챙겨주어라. 세상에 가장 중요한 게 가족이고 식구야."

그렇게 제갈민은 고서를 받았다.

고서의 표지에는 '일월경천(日月驚天)'이라 적혀 있었다.

제갈민과 유생은 장군의 집에서 나왔다.

유생은 복잡한 표정이었고, 제갈민도 생각이 많아졌다.

내가 철경에게 도움이 될 물건을 챙겼다?

철경 사부를 위했다는 사실에 스스로 놀라고 있었다.

'그렇구나. 나도 이제, 사제지간인 걸 인정하고 있었어.'

왠지 낯간지럽다고 생각했지만, 그것대로 기분이 좋았다.

"잡아라."

"잡아."

대로변으로 나오는데, 시끄러운 소리가 들렸다.

마침 골목 사이로 한 아이가 도망갔고, 거지들이 쫓아가는 모습이 보였다.

제갈민은 놀라서 중얼거렸다.

"태천부?"

한편 태천화도 이제 막 의원을 떠나려 했다. 그런데 거지들이 떼를 지어 의원에게 달려왔다.

피를 줄줄 흘리고 있었다. 의원이 놀라서 물었다.

"어떻게 된 겁니까?"

"그게, 싸우다가 다쳤습니다."

"누구와 싸웠습니까? 보니까 날카로운 검에 베인 것 같은데요. 흐음. 일단 안으로 들어오시죠."

거지들은 의원을 따라서 안으로 들어갔다. 의원이 계속 물어보니, 거지 한 명이 소리쳤다.

"그게, 지금 마을에 미친 아이가 한 명 있습니다. 열 살쯤 되어 보이는데, 사람에게 진검을 휘두르고 있어요."

"진검을요?"

"네. 지금 우리 개방도가 마을 사람들의 안전을 위해 제압하려 하는데, 아이라 봐주다 보니까 몇 명이 당한 겁니다."

사실과 다른 부분이 있지만, 거지들은 억지로 지어냈다. 마치 말을 맞춘 것 같았다.

"어휴. 아무도 안 도와주고, 우리 거지들만 죽어 나간다니까요."

"정말 강력한 무공을 익힌 것 같았어요. 어쩌면 마공일 수도 있어요."

"어떤 문파인지 이상하지 않습니까? 그런 아이한테 진검을 주다니요."

의원도 걱정이 되어서 중얼거렸다.

"한시라도 빨리 막아야겠군요."

"네. 맞습니다."

"다른 문파들에게도 도움을 청해보시지요."

"그러잖아도 주변 문파들도 모이고 있습니다. 그 아이를 잡기 위해서요."

"제 생각에는 말을 더듬는 걸 보아, 어쩌면 정신이 나간 아이일 수도 있습니다.."

"말을 더듬어요?"

"네."

거지들은 이상한 소문까지 퍼뜨리려 했다.

태천화는 거기까지 듣고 달려나갔다.

말을 더듬고, 진검을 들고 있는 열 살짜리 아이.

태천부가 떠오른 것이다.

하지만 태천부가 검으로 사람을 상하게 만들다니?

'아니야. 아닐 거야.'

태천화는 아니길 바라며 숙소로 향했다.

차앙.

퍼퍼퍽.

태천부는 날아오는 검은 막았지만, 옆에서 오는 발차기는 막지 못했다.

허리에 맞고 그대로 쓰러졌다.

쿠당탕.

손에 들고 있던 검은 날아가고, 태천부는 일어나지 못했다.

너무 지쳐서 정신이 혼미해질 지경이었다. 그만큼 긴 시간동안 싸우고, 도망 다녔었다.

"와아. 이 새끼. 드디어 잡았네."

"분타주님. 수고하셨습니다."

"저놈 포박해."

저런 어린아이한테 도대체 몇 명이나 당한 거야?

물론 아이라 무시하기도 했었다. 하지만 그래도 서른 명이나 넘게 다치다니.

이 사실이 알려지면, 개방은 웃음거리가 될 것이다.

마침 골통 거지가 빈발했다.

"분타주. 포박은 무슨 포박이오? 그냥 죽입시다."

"멍청아. 그걸 말이라고 하냐? 지금 상황을 보면 몰라?"

"무슨 상황요?"

"일이 커졌잖아. 이제 다른 문파 놈들도 끼어들었다. 잘못 죽이면 우리 개방의 명성에 문제가 생긴다."

"그러니까 더 죽여야죠. 지금 죽이고, 우리끼리 말을 맞추면 됩니다."

"이 미친놈아. 우린 정파다. 사파가 아니야."

"끄응. 그럼 팔다리 중 하나라도 자릅시다. 내가 쪽팔려서 못살겠소."

그는 처음 태천부에게 당했을 때, 심하게 얼굴을 다친 상태였다.

어린아이한테 당했다는 걸, 굉장히 부끄러워했다.

"일단 잡아라. 잡아놓고 생각하자."

다른 거지가 물었다.

"그런데 분타주. 저 아이는 도대체 누구요? 왜 우리에게 덤빈 겁니까?"

"나도 몰라. 골통 너는 알아?"

"모르죠. 아까 그 거지 남매를 처리하는데 갑자기 나타나서는…… 어, 그러고 보니 그 남매는 어디 갔지?"

그제야 거지 남매가 사라진 걸 깨달았다.

피핏.

털썩. 털썩.

쿵.

그때 태천부를 잡으러 간 개방도들이 갑자기 쓰러졌다.

거지들은 놀라서 소리쳤다.

"뭐야? 무슨 일이야?"

"자객이다."

와다탕탕.

때마침 골목 반대 쪽에서 시끄러운 소리가 들렸다. 거지들의 시선이 자연스레 그쪽으로 향했다.

하지만 아무도 없었다.

"도대체 무슨 일이 벌어지는 거야?"

"큰일 났습니다. 분타주님. 아이가 사라졌습니다."

"무, 뭐?"

사실이었다.

방금 전까지 쓰러져 있던 아이가 없어졌다.

어디로 갔단 말인가?

여긴 막다른 골목이었다.

달아날 곳은 없었다.

개방 거지들은 당황해서 주위를 둘러보았다.

태천부는 정신을 차렸다. 그리고 자신이 어둡고 좁은 곳에 누워 있음을 깨달았다.

설마 잡힌 건가?

"천부야. 괜찮아?"

부드러운 목소리가 들렸고, 태천부는 안심했다.

목소리의 주인은 태천화였다.

"누, 누나."

"사형. 무슨 짓을 한 거야? 왜 개방이 쫓아다녀?"

태천화 옆에는 제갈민도 있었다.

조금 전에, 두 사람이 힘을 합쳐서 태천부를 빼낸 것이다.

제갈민이 돌멩이를 던져서 유인했고, 태천화가 태천부를 들고 지붕 위로 도망쳤었다.

그리고 근처 창고에 몰래 들어와서 숨어 있었다.

태천부는 더듬거리면서도 무슨 일이 있었는지 상세히 알려주었다.

"미, 미안해 누나."

"아니야. 그 남매를 위해서 잘한 거야. 나도 그 자리에 있었다면 똑같이 했을 거야. 넌 잘했어."

제갈민도 더 이상 따지진 않았다. 대신 앞으로 일에 대해 물었다.

"이제 어떻게 할 거야?"

"사, 산호 도, 도장님께 돌아가야지."

"바보 사형아. 개방 놈들이 그곳을 먼저 돌아다니고 있을 거야."

"그, 그럼?"

"우린 도움이 필요한 거잖아. 그럼 더 가깝고, 거지들이 모르는 곳으로 가야지."

"??"

"어휴. 철경 사부가 있는 객잔 말이야."

"아아."

제갈민의 말이 맞았다.

철경이 있는 객잔으로 가도 도움을 받을 수 있었다. 게다가 이곳에서 가까웠다.

태천화가 말했다.

"좋아. 민이 말대로 하자."

그러자 태천부가 벌떡 일어났다.

손에는 검을 들고, 결의를 다진 표정이었다.

제갈민이 한숨을 쉬며 또 물었다.

"휴우. 설마 그걸 들고 갈 거야?"

태천부가 고개를 끄덕이자, 제갈민은 고개를 저었다.

"안되지. 거지들이 뻔히 노리고 있는데, 그 꼴로 나가면 잡힐 거야. 변장을 해야 돼."

"변장?"

"그래. 지금 거지들은 사형 얼굴을 잘 몰라. 검을 들고, 비슷한 옷을 입은 남자 아이만 찾는 거야. 그러니 반대로 옷을 바꾸고, 검을 두고 다닌면 저들은 모를 거야."

"하, 하지만, 이 검은, 진서 사부가 준 건데."

"바보야. 누가 버리래? 여기에 숨겨두고, 나중에 찾으러 오면 되잖아."

"민이 말대로 하자."

태천화도 찬성했고, 태천부의 겉옷을 벗겼다.

얼굴을 닦고, 검은 창고 밑에 숨겨두었다. 그리고 태천화의 겉옷을 태천부가 뒤집어 입히자, 그럴듯해 보였다.

그렇게 세 명은 밖으로 나왔다.

조금 긴장된 얼굴로 골목길을 지나갔다.

바로 앞에 거지들이 지나가는데, 아이들을 힐끔 보고 그냥 지나쳤다.

제갈민의 말대로 그들은 남자아이 하나만 찾고 있었다.

세 명이 모여 다니자, 태천부인지 알지 못했다.

그렇게 빠른 속도로 철경이 있는 객잔으로 가고 있었다.

"이제 반 식경만 걸어가면 돼. 힘내자."

그런데 갑자기 태천부가 걸음을 멈추었다.

"천부야. 왜 그래."

천부는 말 대신 한쪽 골목을 가리켰다.

그곳에는 거지 남매가 개방 거지들에게 끌려가고 있었다.

특히 골통 거지가 직접 남매를 데려가는 모습이 심상찮아 보인다.

태천화는 상황을 파악했다.

"설마, 저 아이들이야? 네가 구하려 했던 애들?"

"으, 응."

"안 돼. 그냥 가자. 엄밀히 따지면, 우리하고 상관없는 아이들이잖아."

제갈민이 반대했다.

그러자 태천화가 제갈민의 어깨를 붙잡았다.

"아니야. 민아. 태천부가 아이들을 구한 순간부터, 우리와 상관 있어. 만약 지금 도와주지 않는다면, 나중에라도 생각날 테고 우린 후회할 거야."

"하지만 지금 우리가 불리해. 좋아. 그럼 철경 사부를 빨리 데려오자,"

"그래. 네가 달려가서 철경 사부를 불러와. 우리가 시간을 끌어볼게."

"뭐?"

말이 끝나기 무섭게 태천화는 골목으로 달려갔다. 태천부 역시 뒤를 따랐다.

제갈민은 잠시 망설이다가 철경이 있는 객잔으로 달려갔다.

"저 바보들이……. 지 마음대로 결정하고 난리야."

짜증난다는 듯 투덜거렸다.

하지만 제갈민은 있는 힘껏 달렸다.

왠지 불길했다. 눈물이 날 것만 같았고, 믿지도 않는 천지신령께 빌었다.

제발 철경이 객잔에 있기를.

To be continued